続・悪の連鎖

星 浩二
Hoshi Koji

牧歌舎

続・悪の連鎖　目次

続・悪の連鎖

前編のあらすじ

財前カンパニー社長・財前浩三の還暦祝いを銀座のクラブ「飛翔」で行った。

次の朝、警視庁に、財前夫婦の無理心中事件の通報が入った。

警察の初動捜査で、財前の妻・真智子が、夫のDV（ドメスティック・バイオレンス）に耐えられず、睡眠薬入りのワインや料理を夫に飲食させ、寝入ったところを、包丁で一突きにした、とみていた。

ところが、真智子の供述や家宅捜索から、心中を装った何者かによる殺人ではないかと推定し、捜査を進めてきた。

真智子の弟で、国際弁護士の金町一夫が、アメリカから帰国し、調査に乗り出した。

一夫は、飛翔のママの素性を調べるため、昔、働いていたという福岡と出身地である中国上海に調査に行った。

その結果、
殺された財前浩三は、財前カンパニーの前社長の娘婿になる前、旧姓を中村浩造と名乗り、陳連玉という中国人の女と付き合っていて、浩賢という子供を儲けていた。

中村浩造は、前社長の娘婿になるため、邪魔になった陳連玉に暴力を加え、ごみ屑のように捨てた。

中村浩造に力ずくで別れさせられた陳連玉は中国に帰り、急逝した。

前篇のあらすじ

陳連玉には六歳下の妹がいて、陳翔という。その陳翔が飛翔のママであることが判明する。

陳翔は、福岡の風俗で働きながら姉の子供・浩賢を育てた。

その後、左高徳太郎と結婚し、左高翔子と名乗った。

翔子は、上京し、銀座にクラブ飛翔を開店した。

警察では、飛翔のママ翔子が財前浩三社長を殺害した重要参考人として捜査を続けた。

そこで共犯者として浮上したのが、飛翔のマスター多田（中国名・張）と翔子が育てた浩賢である。

警察の捜査を掻い潜って、次々に殺人事件が発生する。

そんな中、真智子に脅迫の電話が……。

警視庁本庁の月丘管理官チームと一夫の執念で脅迫犯人の多田や左高浩賢を逮捕した。

誰もが事件は完全に解決したと思っていた。

しかしながら……。

強奪事件

季節は、二月下旬、雨水《うすい》を過ぎたが、まだ寒い日が続いている。

財前夫婦の無理心中事件から二年が過ぎ、一連の事件が解決し、真智子と一夫は、思い思いに新しい気持ちで仕事に精を出していた。

真智子は、引き続き財前カンパニーで常務取締役として仕事をしていて、後年、社長に就任し、社名もその時に変更する心積もりであった。

そのための準備を、着々と進めていた。


真智子が役員室で書類に目を通していたら、携帯電話がなった。

電話の相手は、警視庁本庁の下澤明刑事であった。

真智子は、何事かと思っていたら、夕食の誘いである。

二人は、新宿の京王デパートの入口で待ち合わせ、夕食を一緒にすることを約束した。

真智子は、下澤刑事と落ち合った。

下澤は、真智子の顔を見ると浅笑《せんしょう》し、軽く会釈した。

この日は、屋外は北風が強く、大変寒い日であったので、二人は、繁華街へ足を運ぶのは避けて、駅ビル地下にある食堂街のステーキハウスで食事をすることにした。

店に入り、コートやマフラーを脱ぎ、テーブル席に着き、向き合って座った。

飲み物は、真智子が赤ワインをボトルで、下澤はウイスキーのお湯割りをオーダーし、ステーキもお互いに好みの焼き方で頼んだ。

飲みながら、二人は趣味や嗜好を話し合い、一連の事件には全く触れなかった。

真智子は、ワインのボトルを半分ほど飲んで、ほろ酔い加減になったところで、残りのワインを下澤に勧めて、ボトルが空になったところで、お開きにした。


真智子は、お店を出て、下澤と再会を約して別れ、タクシーでマンションの前に着いた。

時刻は、二十一時半を少々過ぎていた。

タクシーを降り、玄関の方へ向かった。

真智子の後ろから忍び寄る黒い影……。

(同時刻)

金町一夫が、法律事務所で仕事を終え、商店街でワインなどを買って、マンションの近くまで来て、タクシーが一夫の前を通り過ぎたので、前方を見ると、真智子を目撃した。と同時に、真智子の後ろに、黒いアイランド・ニットキャップを被り、ビッグフレームの薄いサングラスをし、マスクをした不審な男が、右手に、きらりと光るナイフのような物を持っているのに気が付いた。

一夫が、真智子に向かって、

「姉さん！　気を付けて！」と、大きな声で叫んだ。

真智子が、直ぐ後ろを振り向くと同時ぐらいに、後ろにいた男が飛び掛かり、真智子が左肩に提げていたショルダーバッグに手をかけた。

真智子が、抵抗したところ、男は、ポケットナイフで真智子の右肩あたりを突き刺した。それでショルダーバッグを手から放した。その隙に、男はバッグを強引に奪った。

一夫は、その光景を見て、

「やめろ！　やめるんだ！　何するんだ！」と叫びながら、男の方に駈け出し、咄嗟《とっさ》に買い物袋の中のワインの瓶を一本取り出し、男を打ち据えるような構えで迫って行った。

男が、走って来る一夫に気が付き、反対方面に脱兎のごとく逃げ出した。

一夫は、逃げていく男めがけて、ワインの瓶を投げつけた。しかし、瓶は、男の後方で道路に落ちて砕けた。

男は、事前に相棒に待たせていたと思われる単車の後ろに飛び乗って、逃げ去った。

一夫は、更に男を追わなければと思ったが、真智子がナイフで刺されて出血しているので、追うのを諦めて、救急車を呼んだ。

そのあと、中野警察署の中桐誠司刑事課長に電話をして、事情を説明した。

救急車が到着して、真智子が病院に運ばれることになり、一夫も一緒に病院に付いて行った。

真智子の傷は、厚手の毛皮のコートを着ていたことと、ナイフが小型のポケットナイフであったため、刺し傷が浅かったようである。また、真智子が後ろを向いて抵抗したので刃先が滑って、深く刺せなかった可能性もある。

医者は、四、五日入院していれば大丈夫でしょうと言った。

病院に中野警察署の中桐刑事課長と城見沢刑事が来て、襲われたときの様子と犯人の人相などを聞いた。

一夫が、中桐刑事たちに、

「一瞬のことだったし、ニットキャップを深く被りサングラスにマスクをしていたので、人相は分かりません。また、単車で待っていた男もヘルメットを被っていましたし、離れていたので全くわかりません」と答えた。

真智子も、

「振り向きざまにチラッと見ましたが、マスクなどをしていたので、ハッキリした輪郭は分かりません」と、一夫と同じように答えた。

二人とも全く思い当たらない男であり、目的もショルダーバッグに入っている金目当てか、怨恨によるものか不明であった。

全くの行きずりの犯行のようにも見られるが、単車でしかも二人で、真智子を待ち伏せしていたようにも見られるので、計画的犯行の可能性が高いようだが、現時点では、どちらとも断定できなかった。

下澤刑事が、中野署の中桐刑事課長から事件の知らせを受け、病院に駆け付けた。

真智子は、下澤の顔を見て、

「来てくれてありがとうございます」とお礼を言った。

下澤は、急いで来たらしく、少し息を切らしながら、

「重傷でなくてよかった。僕が……時間を引き延ばしてしまったから……ごめんなさい」と、謝った。

「いいえ、それが原因で襲われたわけじゃないわよ。あなたは、謝らないでいいわよ。大したことないから、心配しないで……」と、気遣った。


一夫は、次の日、姉の真智子に、強奪されたショルダーバッグの中に入れていた物を聞いた。真智子は、現金二十万円ほど入れた財布のほか、運転免許証、健康保険証、キャッシュカード、クレジットカード、スイカ、マンションの玄関と部屋の鍵、それに事務所の机の鍵、あとは化粧道具などを入れていた、と説明した。

幸いに携帯電話はコートのポケットに入れていたので、盗まれなかった。

一夫が、クレジット会社名を聞いたが、銀行名は覚えていたが、カード会社は思い出せないというので、次の日、一夫は、姉から聞いた契約書などをしまっている箪笥の引き出しの中を調べたうえ、カード会社に電話をして、使用を停止するよう要請した。


犯人たちは、どこへ消えたのか、全く手がかりがなく二週間が過ぎてしまった。

真智子が、退院して、家で寛《くつろ》いでいたら、カード会社から電話があり、秋葉原の電気店で、買い物をしたかの、問い合わせがあった。

詳しく訊くと、真智子が襲われた日の翌日、テレビとパソコンを購入したことになっているが、本当に購入したか、とのことである。

真智子は、

「すでに、カードの使用を停止するように、届けているはずですが、先般、強盗に襲われ、ショルダーバッグを奪われました。そのあと、中に入れていたクレジットカードを、悪用されたものです」と答えた。

カード会社は、真智子から事情を訊き、盗難などにあってカードを使用された場合は、その代金は保険で補てんします、と答えた。

犯人は、一夫がカード会社に電話する前に、強奪したカードを使用し、購入したのである。

一夫は、次の日、テレビなどを販売した店に、どういう人間が購入したか訊きに行った。

お店では、個人情報とか言って、最初は渋っていたが、事情を説明したところ、女性店員が、私が売りましたと言って話してくれた。

それによると、開店時間を待っていたかのように、店に入って来て、あれこれ物色したあと、最新のテレビとパソコンを購入し、サングラスをした三十代と見られる女がクレジットカードで支払い、財前真智子とサインをした。一緒に野球帽を被りマスクをした若い男が付いてきていて、車で来ているからと言って、二人で商品を持ち帰った、とのことであった。

一夫が、店員に、その男はサングラスをしていたか？　と問うと、していなかったと答えた。

一夫は、店に来た男は、帽子の形は違うし、サングラスをしていなかった、というが、姉を襲った男に間違いないと、感じた。何故なら、姉のカードを奪って次の日の開店早々に、買い物に来ているからである。

女の方は、男の彼女か？　姉か？　男から事情を説明されて、手助けする昵懇《じっこん》の間柄である、と思った。また、姉を最初から狙った犯行である、と強く感じた。

再会

銀座のクラブ飛翔やクラブ麗《うるわし》で、源氏名・淳子で働いていた本名・星川亮子は、立花啓代議士を殺害した罪で逮捕され、拘置所に収容されていた。

その亮子の両親と弟が新潟から面会に来た。

両親や弟は、亮子と再会するのは十数年ぶりであった。

したがって、高校二年生になったばかりの十六歳ごろのあどけない顔立ちから、三十歳を過ぎた女ざかりの色気を漂わせる亮子の顔に、これがあの娘なのかと疑うような目つきであった。

それもそのはず、亮子は、翔子ママや王麗と同じように美容整形手術をしていたので、親でも区別ができないはずであった。ましてや十数年も経過していることからも当然である。

しかしながら、話を始めると新潟弁や話し方で、だんだん亮子と思うようになり、打ち解けてきた。

亮子が、

「私のことで大変ご迷惑やご心配をお掛けし、申し訳ありません」と、頭を下げながら、詫びた。

　父親が、労わるような目つきで、

「世の中には完璧な人間はいない。理由のいかんを問わず、誰でも過ちは犯すものだ。お前も、取り返しがつかない過ちを犯してしまった。今後の法廷で、ひたすら謝って、反省し、罰を受け、出直すしかない。それでいろいろ聞いたところでは、お前には国選弁護士が付けられているとのことだが、あまり、国選弁護士は収入額が低く、やる気のない人が多いと言う。それで新潟にいる田中壮太郎という弁護士にお前の弁護をお願いしようと思うのだが、いいかね」と、諭すように、話しかけた。

「地元の人もいいけど……一度会ってから決めるわ」

「そうだな。新潟に帰って田中弁護士に、一度面会に行ってくれと頼んでおくよ」

　母親が、

「何か必要なものはないかね。食べ物は差し入れが禁止だというからね、何がいいか、わかんないから、寝間着を持ってきた。ほかに何かあったらいっとくれ。田中弁護士に持って行ってもらうから……」

「分かったわ。でも、売店でいろいろ買えるから、今のところ大丈夫よ」

「じゃあ、お金を少し預けていくから、それで買いなさい」

　弟が、にこやかな顔で、

「お姉ちゃん、俺は結婚して女の子供を儲けた。今日、その写真を持ってきたから、あとで見てくれ、可愛いから、元気が出ると思うよ」と、気遣うように言う。

父親が、嬉しそうに、目を細めて、

「亮子の小さいときみたいで、めんこいぞ！」

「みんなありがとう」と亮子は、これまで張り詰めていた気持ちが取れて、むせび泣いた。

亮子の嗚咽に、両親も一緒にすすり泣いた。

面会

一夫は、姉・真智子を襲ったのは、偶然ではなく、計画的に狙ったものであると、日に日に強く感じるようになり、その犯人は、今は亡き、多田や浩賢の仲間ではないかと、突拍子もないことを考えた。

そこで、一夫は、多田の恋人で、浩賢とも一緒に遊んでいた淳子こと星川亮子に会って、いろいろ訊いてみようと思った。

しかし、一夫が、一人で拘置所に面会に行くと、亮子は気色ばんで、面会を拒むのではないか？　姉を誘って一緒に行った方がいいのではないか？　と思って、相談した。

真智子は、

「そうね。父親の浮気が原因で家出したのだから、新潟の両親の面会を断る可能性もあるわね。ひょっとすると、誰も面会や差し入れなんかしていないかもしれないね。下着や肩の凝らない小説を持って、慰めに行きましょう」と同意した。

一夫と真智子は、亮子が収容されている拘置所に、面会に行った。

亮子は、刑事被告人で、未決囚として収容されている。

一夫は、亮子が、我々の顔を見ると、逮捕された経緯から、面会を拒否する可能性があると、危惧の念を抱いていた。

しかし、亮子は、二人の顔を見て、神妙な顔つきをし、頭を下げた。

亮子は、少し痩せたように見えた。

「亮子さん、体調はいかがですか？　大丈夫ですか？」と、先ず、真智子が声をかけた。

「ええ、大丈夫です。今日は二人揃って何しに来たのですか？」と、少々棘《とげ》のある言葉遣いであった。

真智子が、

「どう言ったらいいのか……怒らないでね。あなたとは銀座で一緒に働いていた仲だから、私の顔を見たら少し気休めになるかな、と思って……」と、気遣いながら言った。

そのあと、一夫が、続けて、

「あなたは我々のことを恨《うら》んでいることと思いますが、是非、あなたに教えてもらいたいことがあって伺いました」

「今更、私に何を聞きたいの？」

「多田マスターと浩賢のことです。実は、先般、姉が強盗に襲われました。それが、ゆきずりの犯行か、それとも……」

「それとも多田たちの仲間がやったとでも？　もしそうだったら痛快だわ……」と、笑いを殺して言った。

「あなたは私たちを憎々しく思っているでしょうから、そう思われても仕方がありません。あなたは思い出したくないかもしれませんが、多田や浩賢が付き合っていた仲間のことなどを教えていただけるとありがたいのですが。仄聞《そくぶん》するところでは、あなたには、国選弁護士が付いていたのですが、お父様が選任された地元新潟の田中弁護士さんに変更されたと聞きました。したがって、その弁護士を通じて、と思ったのですが、直接お願いに参りました。どうかよろしくお願いいたします。また、ご立腹されるかもしれませんが、田中弁護士と力を合わせてあなたの弁護をやらせていただきます。当然、費用はいただきません。いかがでしょうか？」

「先日、田中弁護士が来たのです。そして、最初にあなたは五十万円以上の資産がありますよね、と聞きました。どうしてですか？　と聞いたら、五十万円未満だと国選弁護士が選任できますよ、と言うので、何も、私に訊かずともいいものだと思いました。何か、ピント外れな人だなと思ったことと、私が弁護するとお金がかかりますよ！　と言っているように聞こえたし、あの弁護士は年取っていて、立花代議士によく似ていて、目つきもいやらしく、不愉快で交代してもらおうと思っていたところです。一夫さんは、事件の顛末《てんまつ》を私が説明するまでもなく詳しく知っているから、お願いしたいけど……考えさせてください。明後日にまた来てもらえませんか？」

「そうですか、弁護士の中には、三百代言と陰口を叩かれる人もいますからね。分かりました。明後日にまたお伺いします」

「その時は、一人で来てね。真智子の顔を見ると、多田を思い出し、腹に据えかねるから！」

　すかさず真智子が、

「騙して悪かったわ。あなたの愛する多田さんを死なせる事態に追い込んでしまって、申し訳ありませんでした」と、涙ながらに謝った。

「今更、謝ってもらっても多田は生き返らないわよ。もう帰って！」

　一夫が、

「では、今日はこれにて失礼します。明後日のこの時間帯にお伺いいたします」


　二人は、亮子に深々と頭を下げて面会室を辞した。

　一夫は、心の中で、

(亮子のすごい剣幕で、差し入れに持ってきた下着や小説の話ができなかった。しかし、明後日、また会ってくれるということなので、何度か話し合っているうちに、だんだん胸襟《きょうきん》を開いて、いろいろ話をしてくれるのじゃないか。)と思った。

デート

下澤明刑事は、真智子が退院して元気に会社に行っていることを知り、退院祝いを二人でやろうと、会うための自分勝手な理由をこじつけ、電話をした。

「下澤ですが、その後、お身体の方は大丈夫ですか？　ご退院を祝して、一言、お祝いの言葉を申し上げたくて、電話しました。よろしかったら夕食にお付合いいただけるとありがたいのですが」

「ええ、傷の方はお陰様で、すっかりよくなったわ。夕食ですか、いいですよ。今日はどこで待ち合わせしましょうか？　六本木はいかがですか？」

「結構ですよ」

「じゃあ、六本木交差点の近くの喫茶店ドリームで、六時でいいですか？」

「了解しました」

二人は、約束どおり喫茶店で逢った。

下澤は、真智子の顔を見ると、前回と同じように浅笑し、頭を軽く下げた。

真智子がリザーブしたイタリアンレストランに入った。

料理は、七品のフルコースを注文し、飲み物は、キャンティ・クラシコ・ワインのボトルを頼んだ。

二人は、ワインを持って来たソムリエからワイングラスに注いでもらい乾杯をした。

　下澤が、口火を切った。

「真智子さん、退院おめでとうございます。今日はお付き合いありがとうございます」

「大した刺し傷じゃなかったから良かったわ。柳葉包丁のような鋭く長い刃だったら、危なかったわね。それにしても、どこの誰でしょうね？　未だ、犯人の目星もついてないんでしょう」

「申し訳ありません。我々警察の力不足で……」

「別に下澤さんが謝ることはないわ」

「必ず、犯人を捕まえます、と言いたいところですが、不甲斐ないですけど、今のところは、デッド・ロックに陥っていまして、お手上げの状態です」

「犯人は、私を襲った近くに防犯カメラがないことを、事前に調べていたんじゃないかしら。マンションの玄関の前方と中には防犯カメラがあるから、カメラの無いところで襲ったのよ……私を最初からターゲットにして虎視眈々と狙っていたのかな？　それともゆきずりの犯行かしら？」

「残念ながら、私にはどちらとも断定しかねます……」

「ポケットナイフを持っていたから、最初は正面から脅かしてショルダーバッグを奪おうと思っていたけど、私がタクシーで帰ってきたから、後ろから襲った、ということじゃないかしら？」

「おっしゃる通り、そう考えると納得できますね。たぶん、真智子さんの推理の通りだと思います」

「明日ね、一夫が、星川亮子に面会に行き、多田や左高浩賢が付き合っていた仲間のことや、どの辺がたまり場かを教えてもらうことになっているの。それと、その仲間は多田や浩賢から私たちのことを聞かされていたか？　どれぐらい知っていたか？　なども尋ねるつもりです。何か情報が入ったら連絡しますね」

「そうですか。亮子って、あの銀座のクラブ飛翔にいて、そのあとクラブ麗で王麗さんとお店をやっていた淳子のことですね。そうですか、いろいろ情報をね。それはありがたいですね。あなた方二人は、目端が利き、素晴らしい感覚で、我々警察官以上に鋭い勘ときゅう覚をお持ちです」

「そんなことないわよ。亮子から、どんなことが聞き出せるかわからないけど、多田や浩賢と付き合いが長かったから、いろいろ知っていると思うので、一夫が、うまく訊き出すと思うわ」

「そうですね。一夫さんならその点は抜かりがないと思います。是非、一夫さんが亮子に会ったあと、連絡ください。お伺い致しますので……」

「分かったわ。連絡しますけど、あまり大きな期待はしないでくださいね」


二人は、再度、乾杯し、飲食と雑談を続けた。


二十時半ごろ、食事を終えた。

下澤が、前回のことがあるので、マンションまで一緒に行きましょう、と言って、真智子をタクシーで送って行った。

接見

一夫は、亮子と約束した通り拘置所に接見に行った。

前回は、一般人として亮子に面会したので、時間は十分程度と制限された。

今回は、一夫は弁護士の肩書で亮子に接見することにしたので、時間制限もなければ、係員の立ち合いもなかった。

亮子が、先ず、一夫に、

「先日は、差し入れをしてくれてありがとうございました。両親が来た時には、食べ物や寝間着を持ってきたのですが、食べ物は差し入れできないと断られ、寝間着もひも付きで、自殺すると困るので、やっぱり断られたそうです。いいものを差し入れていただき、ありがとうございました。真智子にもお礼を言っておいてください。また、先日はひどいことを言って、申し訳なかったと謝っておいてください」

「いいんですよ。あなたの気持ちを忖度《そんたく》せず突然訪ねてきた私たちが悪いんです。差仕入れの方は何がいいか迷ったのです。食べ物は禁止ですので、肩の凝らない本と下着類がいいかなと、姉と相談した結果です」

「先日、お話ししました父が頼んだ新潟の田中弁護士は、お断りしましたので、今後は一夫さんにお願いいたします。引き受けてくださいますよね」

「私でよかったら、最善を尽くして弁護させていただきます」

「ありがとうございます。よろしくお願いいたします。ところで、先日おっしゃっていた多田たちの件とはどういうことでしょうか」

「多田と左高浩賢が付き合っていた仲間のことです。それとその仲間は、姉や私たちのことをどれぐらい知っているのか？　また、どこら辺りに屯《たむろ》しているのか、知っていたら教えてください」

「多田は、やり手で彼が召集を掛けると、七、八人の手下が集まり、命令通り動きました。昔、命令に不服を言って、こてんこてんにやられた男がいました。それ以来、盾突《たてつ》く者はいませんでした。その代わりというか、多田は、自腹を切って、手下たちに昼飯をただで食べさせたり、飲ませたりして、可愛がります。浩賢が一番可愛がってもらったのではないでしょうか。いつも金魚の糞と言うか、腰巾着《こしぎんちゃく》と言うか、多田のそばにくっついていました。新宿から新大久保界隈は、多田と浩賢の二人で仕切っていました。


　多田の手下に、川崎たかしと大前しんいちという男がいました。下の名前の漢字は分かりません。二人は浩賢とほぼ同じ年で、母親が中国人で父親が日本人でしたが、小さいときに両親が離婚して片親で育ったそうです。その点は浩賢と似ていたからか、浩賢と仲が良かったですね。特に、川崎たかしとは、中学校が一緒だったとかで特に仲が良かったです。

　そのほかに中国人が三、四人いて、一人は、李《り》でもう一人は王《おう》といったけど、ワンかもしれないわ。そのほかの男はなんて名前だったか思い出せません。

　今は、多田というまとめ役がいなく、求心力がなくなったので、困っているでしょうね。それから、浩賢は、九州から家出してきた一つ年下の女の子と同棲していて、浩賢が十八歳のころ子供を儲けて、二人で育てていました。浩賢が今生きていたら、三十七歳ぐらいだからその子供・賢一郎は、十八歳か十九歳ぐらいになっているんじゃないかしら」

「ええっ！　浩賢に賢一朗と言う子供が！　それも十九歳ぐらいだとすれば、大学生か社会人だね。そんな大きな子供がいたの。いいこと教えてくれた。やっぱり、あなたに訊いて良かった。ありがとう。それで、浩賢が同棲していた女の名前は？」

「その子は、佐知代と言って、キャッチガールで、飲み屋の呼び込みをやっていました。お店にお客を連れていくとお金を貰えるのです。お客と一緒に飲んで七万円から十万円ほど要求し、お客が騒ぎ出すと浩賢たちが出ていき、お客を脅して支払わせるという、いわゆる暴力バーで、キャッチバーとかぼったくりバーとか呼ばれる店で働いていました」

「それで、その男たちは、いつもどの辺で屯《たむろ》しているの？」

「新宿のロイヤル・パラダイスというゲームセンターや新大久保界隈のパチンコ屋もよく行っていました。昼食は、新宿歌舞伎町にある中華料理店「中華万世」という店で食事を終えて、そのあとまたパチンコ屋やゲームセンターに行くか、金があればバーやクラブに行っていました。でも今は、多田がいなくなったからクラブなんかに行く余裕がないかもしれませんね」

「新宿界隈がほとんどなんだね」

「渋谷や池袋などに進出しようとしたとき、どこからかストップがかかったようです。やっぱり、暴力団と同じように縄張りがあるのではないですかね」

「そうでしょうね。内部で抗争になるからね。また、日本の暴力団との確執《かくしつ》もあるだろうからね。以前、新宿で日本の暴力団と中国系マフィアとの抗争があったからね。それで、多田と浩賢の仲間は、姉夫婦の心中事件や一千万円の脅迫事件のことをどれだけ知っているんですか？」

「多田は口が堅かったのでしゃべらなかったけど、浩賢がいろいろしゃべっていましたからね。俺のおふくろは、日本人の中村浩造に殺されたんだ。だから必ず探し出してこの手で殺すんだと言っていて、仲間に中村浩造を探してくれ、と頼んでいました。そして、中村浩造が財前浩三と判明してからは、財前夫婦に、更なる怨念を抱いていました。だから、財前と真智子の顔や住んでいるところは、仲間はみんな知っていました。

真智子を脅迫して、コインロッカーの鍵を貰う役を、浩賢が最初は私にやらせようと、言っていましたが、多田さんが、お互いに顔を知っているからそれはまずい、別の女にしようと言って、新宿で遊んでいた女に、金を掴ませてやらせたのです。

真智子に二回目の一千万を要求した時、多田は、浩賢に、前回と違って今回は真智子の弟がアメリカから帰国し、一緒に住んでいるし、いつも柳の下にドジョウはいないぞ、と言って、止めるよう説得していたの。でも、浩賢は、最初の一千万円のほとんどは、高級車などを買ってなくなったから、今回は兄貴と二人で五百万円ずつ山分けしましょう。いや、俺は三百万円でいいです、と言って、独断専行で、勝手に進めていったのです。多田は、しぶしぶ付き合ったのよ。最初の時も、財前夫婦に眠り薬入りのワインを飲ませて、金庫の中の丸秘手帳を奪う計画を立て、人は殺さないと約束していたのに、浩賢がその約束を破って、財前浩三を殺したのよ。最初から殺すんだったら、眠り薬じゃなかったはずです。とにかく、浩賢が、最初も最後も多田さんの言うことを聞き入れていたら……」と、愛していた多田のことを思い出したのか、嗚咽が漏れた。

「申し訳ない。悲しませてしまって……悪いけど、浩賢の子供・賢一朗は、今はどうしているんでしょうか?」

「大分前に、多田から聞いたところによれば、賢一郎は、浩賢と同じように、中学時代に喧嘩して相手を大けがさせ、退学させられて、ぶらぶらしている、血は争えないな、と言っていました。ところで、一夫さんはどこまで知っているか知らないけど、今回の一連の事件は、真智子が青下清一を唆《そそのか》し、夫である財前浩三を抹殺しようとしたことに始まったのよ。それを手伝った多田や浩賢、それに翔子ママが死んでしまった。また、そのとばっちりを受けて、立花代議士や雅子さんたちも殺されてしまった。今、すまし顔で大金を手にした真智子だけが生きているというのは、殺された者たちにとっては、悔しいけど何もできない。だから、浩賢の子供たちが事情を知って、弔い合戦を仕掛けてきたのかもしれない。あの手の人たちは、目には目、歯には歯で、やられたらやり返す主義で、どこまでも執念深いからね」

「ええっ! 姉が青下さんを唆して財前浩三を殺させたって? それって本当のことなの? 誰に聞いたの?」

「多田から私が聞いたところでは、真智子が青ちゃんに、財前が金庫に政治献金のリストやいろいろママたちに不利なことを書いた手帳を入れているし、お金も入っている、だから財前を始末してほしいと頼んだらしいの。青ちゃんは、金に困っていたから、お金が欲しかったけど、一人では処理できないので翔子ママに泣きついたのよ。そこでママは、多田に頼んだの。多田は、それを浩賢に話して、青ちゃん、多田、浩賢の三人で、財前邸に忍び込んで、青ちゃんと多田が金庫の中を漁《あさ》っている間に、浩賢が、敵討《かたきう》ちだと言って財前を包丁で刺し殺したということだったわ」

「本当なの？　その話……姉が青下清一に殺人を依頼したというの？」

「だから、この前、今度は一人で来てくださいと言ったの！　本人の前で言えないでしょう、言っても、真智子は認めないでしょうから、水掛け論になると思ったから……」

「僕には信じられない話だけど……亮子さんの話は分かりました。何か証拠があればいいのだが、何かありませんか？」

「証拠は全くありません。多田から聞いただけですから。多田は嘘つきでしたが、この話は嘘ではないと思います。それに真智子が、多田たちの脅迫を受け入れたこと自体が証拠ではないですか。それと金庫の鍵や番号を多田たちがなぜ知っていたかを考えれば、真智子が教えた以外に考えられないでしょう。そういう負い目があったから、二回目の脅迫も要求を受け入れて、また一千万円を支払った、と思いますよ。しかし、二回目は、一夫さんがアメリカから帰って来ていたので、失敗に終わったけど……」

「確かに、亮子さんが言うことは筋が通っている、その通りかもしれない。しかし、物的な証拠がない限り、亮子さんが言ったことでは、警察は、姉さんを逮捕できないし、裁判に訴えても有罪にはできないでしょうね。でも、いろいろ貴重な情報やご意見をいただきありがとうございました。弁護の方は、全力で検察側と争って、少しでも軽い刑にできるように頑張ります」

「父が頼んだ弁護士が、殺人罪は、死刑か無期懲役若しくは五年以上の懲役と法律で定められている。私の場合は、立花代議士を突き飛ばして、死に至らしめたので、無期懲役か死刑の判決を言い渡されるだろう、と言っていました」

「確かに、言っていることは間違っていないけど、実は、永山基準（巻末参照）というのがありまして、あなたの場合、それに照らしても、死刑はまず考えられない。それに立花代議士は、あなたの躰を力ずくで奪った男だから、裁判長もその点は斟酌《しんしゃく》すると思います。また、あなたが一人で実行したわけではないから……。とにかく、頑張って弁護させていただきます。何か必要なものがあったら言ってください。それから、何かやってもらいたいことはありませんか？　たとえば、ご両親に伝えることとか？」

「私、寒がり屋なので、厚めの靴下と下着が欲しいんですけど、それと、クロスワードパズルの本がありましたらよろしくお願いします。ああ、それから、こんなことをお願いするの、大変恐縮なのですが、六本木のマンションの管理費や修繕積立金を支払っていただきたいのですが、よろしいでしょうか？　これまで銀行引き落としでやっていましたから、二ヵ月分ほどは、大丈夫なのですが、それ以上になると、銀行にお金を入金しなければ、足りなくなります。そろそろ、預金残高が少なくなりますので、立替払いしていただけないでしょうか？　あとで、必ず、お支払い致しますので……」

「分かりました。管理費等は、マンションの管理人に会って、相談してきます。それから、必要な物は、明後日、持ってきます。その時に、裁判・第一回公判の流れなどを説明します。そろそろ、公判請求がされて裁判所に呼ばれると思いますので、その時の対応方法なども一緒に説明します」

一夫は、亮子に別れの言葉を言って、拘置所をあとにした。

電車に揺られながら、左高浩賢に十八、九になる子供がいたとは驚いた。ひょっとすると、浩賢の子供・賢一郎が姉を襲ったのか？　単車の相棒の男は誰か？　そういえば襲った犯人は、若い男で敏捷《びんしょう》な動きをしていたな、と強奪事件の時のことを思い浮かべていた。

情報共有

一夫は、亮子から聞いた話を姉に話そうと思ったが、針川智也や下澤刑事、それに中野警察署の中桐刑事にも話したほうがいいと判断した。

それで、一人一人同じ話をするより、一堂に会して話せば一度で終わると考え、連絡を取って、姉のマンションに来てもらった。

一夫が、亮子から聞いた話を四人に、逐一説明した。

ただし、姉が、青下清一を唆して、財前浩三を殺させたという話は、心の中に封じ込めた。

みんな、左高浩賢に二十歳《はたち》近い賢一郎という子供がいることに驚いた。

　更に、浩賢には、中学校が一緒だったダチ公や中国人の仲間がいたこと。浩賢が付き合っていた女の子は、佐知代と呼んでいて、浩賢がその女を籍に入れて、左高佐知代とみんなが呼んでいたことなどを報告した。

　下澤刑事と中桐刑事は、一夫の報告事項を、手帳に認《したた》めている。

　最後に、一夫が、亮子の私選弁護士になることを伝えた。

「そうか、中国人か、以前、新宿で日本の暴力団と抗争事件があったよな。あの時逮捕された中国人の名前が新宿警察署で分かるから問い合わせてみよう。それから、今回の真智子さんのショルダーバッグ強奪事件は、やっぱり、浩賢の息子たちではないか。一夫が、亮子の弁護をやるんだったら、もっと彼女から情報が取れるかもしれないな」と智也が言うと、
　中桐刑事が、

「今、真智子さんの背中の刺し傷から、刃渡りとどんなナイフか、分析中ですが、どんなナイフか分かっても、メーカーや刃物の特定は困難と思われます。刺し傷以外は、全く証拠がないから……一夫さん、小さな情報でもいいから、亮子からいろいろ訊き出してください。今は、断定できないけど、襲われた状況や一夫さんの話を聞いていたら、亮子が言っている浩賢の息子の賢一郎たちの線が強く感じられますね」

　下澤刑事が、同調するように、

「確かに、今回の事件は計画的に真智子さんを狙った犯行である可能性が高いですね。もし、そうだとすると今回では終わらず、また狙われることが考えられますね」

真智子が、

「そうね、そういえば、襲った人間は若者という感じだったわね。すばしっこい動きをしていたわね」と、襲われた時の様子を話すと、一夫も、

「そうだね。中野坂上駅で俺を襲った男は動きが鈍かったけど、今回の犯人は、襲うときも、走って逃げるときも敏捷な動作で素早かったからね……近いうちに、亮子から聞いた新宿のたまり場などを探索に行ってみようと思っているところだ……」

「新宿は犯罪の発生件数が世田谷に次いで多くて、危険な場所で、虎の尾を踏むようなものだぞ。近年は、東南アジア系や中国系マフィアが進出していて更に危険になっているというから、あまり深入りしない方がいいぞ。行くときは俺も一緒に行くから電話してくれ」と、智也が注意を喚起した。

「分かった」

下澤刑事が、頭を掻きながら、

「私も行きたいけど、ちょっと無理かな。そうそう、月丘管理官にこの話は伝えておきます。今回の事件で終わるようにしないといけませんからね」

続けて、中桐刑事が、

「そうですね。潜入捜査みたいで、立場上新宿に捜査に行くのは難しいですね。私は管轄も違うので、新宿署に同期の者がいますので、そいつに頼みますか」

智也が、

「私と一夫は友達同士で新宿に遊びに行くということですから、捜査とは違うので、大丈夫です

よ。新宿署の刑事にはまだ知らせないでください」

　真智子が、思いつめたような表情で、

「私、このマンションから転居しようと思っているの……」

「ええっ！　転居する？　何処へ？」と、四人の声。

「会社の近くの六本木あたりでマンションを探そうかと思っているところです。転居したら、ここにいる人と中学時代の四人の友達にだけ教えてほかには知らせない。また、携帯も固定電話も交換して新しい番号にして……」

　下澤刑事が、透《す》かさず、

「そうですね。少しでも危険を避け、安全に過ごすにはそのようにした方がいいと思います。賛成しますし、お引っ越しの手伝いをさせていただきます」と、真智子の機嫌を取る。

「ありがとうございます。その時はよろしくお願いします」

　このあと、五人は、真智子が事前に出前で取っていた寿司、サンドイッチ、オードブルなどをつまみ、銘々ビールやワインなどを飲みながら、話の続きを行った。

意外な事実

　一夫は、約束通り、亮子を訪ねた。

先ず、前回、差し入れを頼まれていたクロスワードパズルの本や厚手の靴下と下着を持っていき、受付に預けてきたことを伝え、また、六本木のマンションの管理費などの支払いについて報告した。
亮子はお礼を言って、頭を下げた。
一夫が、公判の流れを書いた紙を見せながら説明した。
ただし、当該事件は、現役の代議士であった立花啓氏を殺害したものであるので、裁判員制度に則って行う可能性が高いので、そうなったらまた説明しに来ると伝えた。
㈠刑事裁判の流れは、
㈡人定質問
㈢起訴状朗読
㈣黙秘権の告知
㈤被告人・弁護人の陳述
㈥証拠調べ
㈦論告・求刑
㈧被告人・弁護人の最終陳述
㈨判決の言い渡し
となることを告げ、内容についても逐一説明した。
「大事なことは、裁判長や裁判官に心から反省していることを訴え、心証を良くすることです。

これは裁判員裁判になっても同じことです。

私は、個人的に言えば、裁判員裁判は反対なのです。国民の皆さんが参加しやすい裁判を実現するために、設けられました。しかし、裁判員に選ばれた人の中には法律を全く習ったことのない人がいます。そういうずぶの素人《しろうと》に、法律に則って、人を裁かせるのは、いかがなものかと思っています。また、裁判員に選ばれた人が実際にノイローゼになったり、会社を休むことで上司ともめたりしていますからね。

あなたにこんなこと言っても仕方ないでしょうけどね。でも、裁判員裁判だと時間が短縮されるので、その点は評価できるかと思います。

検事や裁判長から、なぜ立花代議士を殺害したかの理由などを求められると思います。

あなたは、立花代議士に力ずくで純潔を奪われたこと、また、田舎に帰りたくなかったら、言うことを聞けと強要され、仕方なく命令に従ったこと。更に、お店を開かせておいて、返済金を厳しく取り立てるし、預金を差し押さえするぞ、などと言われ、強引に躰も要求された。また、あなたには、ほかに好きな人がいたので、本当は立花代議士と早く手を切りたかった。しかし、昔のことやこれまで代議士と付き合ってきたことを、みんなに知らせるぞ、とか、銀座や六本木で働けなくするぞ、と脅迫されて、付き合わされていたことなどを説明してください。

それで、一つ重要な確認ですが、あなたは、立花代議士を殺害する意思がありましたか？どのようにして浩賢にひき逃げをさせたか、詳しく教えてください」

「私は、代議士を殺害する意思は、全くありませんでした。浩賢に、立花代議士を呼び出せ、俺が、厳しく注意して、お前に手を出さないように言ってやるから、乗用車のところまで連れて来い、と言われました。まさか、ダンプカーで突っ込んで来るとは思いもしませんでした。しかも、私に絡みついている代議士と一緒に、私も殺すような勢いで突進して来ましたから、私は咄嗟に、代議士を突き飛ばして、車を避け、身を護りました」

「そうですか。それが本当なら、殺人罪の判決は回避できますよ。と言うのは、あなたがとった行動は、刑法第三十七条第一項で定める緊急避難に該当すると思うからです。すなわち、自分の身の安全を守るために、他の手段が無く、やむを得ず、他人に危害を加えたとしても、罰せられない、ということです」

「本当です。私は、このままだと自分もひかれると、身の危険を感じ、咄嗟に、代議士を突き飛ばしました」

「でもあなたは、警察の取り調べで、浩賢と打ち合わせをして、立花代議士をひき殺すために、呼び出して、突き飛ばしたと自供していますよね」

「あの時は、多田さんが死んだので、絶望的な気持ちで、落胆し、やけっぱちになって、後追い自殺の考えが、頭の中で渦巻いていました。それで、どのように自供したかは覚えていません。でも、二回目だったか、三回目だったか、取り調べのときに、冷静さを取り戻し、先ほどのように、浩賢と打ち合わせたのは、車のところまで連れて行くことだけで、ダンプカーのことは、打ち合わせにもなかったし、全く知りませんでした。いきなり、ダンプカーが、代議士と私ともどもひき殺すような勢いで、突っ込んできたので、車を避けるためには、代議士を突き飛ばすしかありませんでした、と言いましたが、刑事たちは、出まかせを言うな、嘘をつくな、と言って、全く聞く耳を持たず、信用しませんでした」

「その話に嘘はありませんね。なぜ、浩賢が、あなたも一緒にひき殺そうと思ったのですか、打ち合わせでは、立花代議士をひき殺すということだったのでしょう」

「違います。先ほども言いましたが、浩賢とは、代議士を呼び出して、乗用車の所まで連れて行くことでした。そのあとは、浩賢が、代議士に、私につきまとわないよう注意をする、ということでした。ところが、打ち合わせと違い、道の途中で、ダンプカーが突っ込んで来ましたし、私も一緒にひき殺すような勢いだったので、身を護るため、代議士を突き飛ばすしかなかったのです。

そもそも立花代議士の殺害を言いだしたのは、翔子ママです。

一夫さんもご存知と思いますが、立花代議士は、翔子ママに国家の機密書類などを密かに渡し、その見返りにママから不正献金を受けていました。これには多田も絡んでいました。

この件は、ご存知の通り、東京地検特捜部で捜査がされ、新聞等で報道されました。

これを知った翔子ママが、代議士がいろいろしゃべると危険だからと言って、多田に殺害を指図したのです。そのあと、多田は、浩賢に命令したのです。

浩賢は、立花代議士とは何の利害関係も面識もなかったけど、多田に命令されたから、殺害するしかなかったのです。

そこで、浩賢は、私に上手いことを言って代議士を呼び出させたのです。

何回も言いますが、私は、呼び出しただけで、まさかダンプカーでひき逃げするとは知りませんでした。これは、本当の話です。

私は、立花代議士がはねられたあと、日比谷公園で浩賢と車を交換するときに、私もひき殺すつもりだったのでしょう、間一髪で避けたけど、危なかった、と文句を言ったら、浩賢は笑いながら、そんなことないよ、お前をひき殺したら、多田兄貴にどやされるからな、と言って、車を飛ばしていきました。実は、浩賢は、私が多田さんと結婚したいと打ち明けてから、冷たく当たるようになりました。多分、多田を取られると思って、やっかみと言うか、嫉妬と言うか……それで、代議士だけでなく、私も一緒にひき殺してしまえと考えたのだと思います。私が言っていることを信じてください。私は、代議士を憎んでいましたが、殺そうとまでは思っていませんでした。本当です！」

「確かに、あなたの話で、浩賢がなぜ立花代議士を殺害したか、理由が分かりました。あなたが言っていることを信じます。では、次のように陳述してください。

私が、浩賢に頼んで代議士を殺させたのではありません。私は、立花代議士を殺害する意思は全くありませんでした。

浩賢は、多田マスターに命令されて、立花代議士を殺害したのです。

彼は、立花代議士と面識がなかったので、私に呼び出させたのです。

浩賢は、最初から、ダンプカーで、立花代議士と私を一緒にひき殺すつもりで、すごい勢いで突っ込んで来ました。

代議士は、私の身体に手を回し、執拗にキスを求めてきました。そんなところへ、ダンプカーが突っ込んで来ましたので、私は危険を感じ、自分の身を護るために、代議士を突き飛ばさざるを得ませんでした、と。

とにかく、くどいようですが、あなたは、立花代議士を殺害する意思は、全然なく、自分の身の安全を考えてとった行動だということを強調してください。

そして、最後で、自分の身を護るためとはいえ、結果的に代議士を死に追いやったことに対し、奥さま方に心からお詫び申し上げます、と。

あとは、私が緊急避難に該当することを説明致します」

亮子は、安堵した顔つきでうなずいた。

更に、一夫は、

「ひょっとすると、あなたの生い立ちなどを聞くために、ご両親などが証人として呼ばれるかもしれない。また、立花代議士の奥さんが証人として出廷し、あなたが主人を誘ったと言い、泥棒猫呼ばわりし、極刑を与えてください、などと発言するかもしれません。

あなたは、落ち着いて、冷静に、受け答えしなければなりません。さっき言ったことを思い出して、言ってください。あくまでも立花代議士が、就寝中にわたしの布団に入り込んできて、力ずくで貞操を奪ったこと。田舎に帰りたくなかったら言うことを聞け！　と。

更に、お前の預金などの差し押さえをするぞ、銀座や六本木で働けなくするぞ、などと脅迫をされました。私は、身がすくんで、断ることができず、ただ言いなりに従うほかありませんでしたと、力説してください」

亮子は、今度は、神妙な表情で、時々相槌を打ちながら、一夫の話を聞き、分かりました、と答えた。

プロポーズ

下澤明は、真智子にご執心となり、またまたデートを申し込んだ。

最初のデートから、七回目で、下澤としては心に期すものがあった。

下澤は、前と違って、満面に笑みを湛えて、真智子を迎えた。

前回待ち合わせた六本木の喫茶店で会い、真智子は、今回は和風の居酒屋の個室を選んだ。

店員が、おしぼりを持ってきて、注文を取りに来た。

刺身、焼き鳥、サラダなどを頼んだ。飲み物は、日本酒の冷酒を頼み、お互いに注ぎ合って飲んだ。

下澤明が、先ず、月丘管理官に、亮子から聞き出した情報を報告したことを話し、そのうえで、月丘管理官が、

「新宿に麻薬捜査のように捜査官を潜入させていろいろ探りを入れたいけど、捜査一課の組織規則に照らし、極めて難しい。公安警察では、一部、極秘に潜入捜査をさせているということだが、実態を詳しく知っている者はほとんどいない。公安は、過激派組織や海外テロのような国家を揺るがすような事件を未然に防ぐために、潜入捜査をしているとも言われている」と、いったこと

を伝え、

「今回の事件では、残念ながら潜入捜査は実施できません。したがって、なかなか情報が取れないし、犯人を捕まえられない。地団駄を踏む思いです」

「私の強奪事件のようなことは、日常茶飯事に起こっているから、あんな事件で、いちいち潜入捜査なんてありえないでしょう。それにそもそも、そんな危険な仕事を命令したり、指図したりできないでしょう。相手側に警察官と知られたら殺されるかもしれないのよ。いくら上司の命令でも引き受ける人はいないんじゃないの」

「いや、警察では、上意下達《じょういかたつ》が徹底しているし、上司の命令は絶対だから、警察官なら誰だって引き受けると思いますよ」

「公安警察以外では、正式に潜入捜査は認めていないのは、危険だ、ということ以外に、個人の情報や権利を侵害することになるからじゃないかしらね」

「おっしゃる通りだと思います……ところでこのお店は前に入ったことがあるのですか？」

「ええ、会社の人と来たことがあります。ここの料理もお酒も美味いでしょう。今度は、銀座で待ち合わせ、食事をして、［麗《うるわし》］というところに行きましょう。飛翔のママから委託を受けて、王麗がやっていたお店で、今は一夫が権利を取得して営業していて、私の中学時代の同級生の沢谷絵里という人をママにしてやっているの。デュエット・バー麗と言って、お店の女性スタッフがお客さんとデュエットするの。ほとんどのデュエット曲を歌えます。お客さん同士でもいいし、もちろん一人で歌ってもいいのよ。どうかしら？」

「そうですか。クラブ飛翔には捜査で行ったことがありますが、麗という店は知りません。デュエット・バーですか、それは楽しみです。これまで、カラオケバーに一人で行って、お店のママやホステスにデュエットをお願いしても、歌えませんといって断られることが度々ありましたからね。そうですか、それは今度、是非連れて行ってください」

「分かりました。麗にはあめ玉やピーナツなどのかわき物しか置いてないから、食事を済ませてから行きましょう」

「分かりました。いやあー、ここの料理は美味しいですね。この前はイタリアンレストランで御馳走になったから、今日は自分が支払いますね」

「いいわよ。失礼な言い方だけど、地方公務員の給料は安いんでしょう。今日も、私が支払うから心配しないで、飲んで、料理、沢山食べてください」

「こりゃー、まいったな。確かに真智子さんの役員報酬と比べると少ないです。遠慮なく、ご馳走《ちそう》になります。ところで実は、今日は大事なお話があります。来月、休暇がまとめて取れますので、どこか旅行に行きませんか？　できたらハワイに行ってみたいのですが……」

「ええっ！　二人でハワイへ？　それって？　婚前旅行みたいですね？」

「いやー、婚前旅行と言われると……その前にプロポーズをしなければなりませんね。では、正式にプロポーズします。私と結婚し、共に白髪の生えるまで一緒に暮らしてください」

真智子は、盃を落としそうに吃驚し、

「ええっ！　下澤さんと私が結婚する！　うん……」

「すみません。こんな食事の場所で、ムードもなくプロポーズしてしまいまして……。ところで、まったく、私とは考えられませんか？　即答しなくていいですから、考えてご返事をもらえませんか」

「……分かりました。よく考えてご返事させていただきます。この前、ご出身が静岡でご両親がお兄さん夫婦とお暮らしとか聞きました。それ以外はまだあなたのことを詳しく知りません。お父様のお仕事は？」

「父も静岡で警察官をしていました。今は退官して、母と畑仕事をしています。少しですけどミカンを作っていますので、今度、送ってもらいますよ。兄妹は三人で兄と姉がいまして、二人とも結婚していて子供もいます。父と同じ警察署です。兄は、静岡にある高校を卒業して、浜松市にある警察署の警官になっています。父は剣道四段で、私たちに小さいころから剣道を教え込みました。私は、中学から大学まで剣道部に所属しました。兄は、高校で三段を取得しました。私は、大学時代に四段を取得し、警視庁本庁に入って五段を取得しました。もう三年になります。あと二年したら六段を受験するつもりです。私が警視庁に入ったときから、兄と仲が悪くなりました。多分、剣道で差がついたことと、階級が違うのでその妬みだと思います。だから、最近は、足が遠のいて、里帰りしていないのです。隠し事が嫌いですので正直に身内の恥まで話してしまいました。真智子さんと一夫さんは仲がいいので、羨ましい限りです」

「私のところは二人姉弟だし、両親がいないから仲良くしないと独りぼっちになるから、喧嘩しないし、お互いにあまり干渉しないようにしているのよ。ところで、私のことでなにか質問はありませんか？」

「特にありませんが、私の職業が警察官というのは、拒否反応がありますか？　それと年下だというのはいかがですか？」

「別にありません。職業に貴賤《きせん》はありませんからね。警察官は立派な仕事です。国の治安と国民の生命の安全を守る正義の味方です。年の差も気になりません。前回は二十七歳も年が上だったから、あなたともし結婚したら、すごく新鮮に感じるかもしれませんね……」

「警察官を、お褒めいただき、ありがとうございます。でも、正義の味方とは、こそばゆい言葉ですね。それと年の差についても賛同をいただけたようで、嬉しい限りです」


二人はそのあと、お互いの生い立ちなどを話し合いながら、飲み交わした。

この日も下澤は、真智子をマンションまで送って行った。


真智子がマンションに帰ると、一夫がいたので、下澤からプロポーズされたことを言って、相談した。

一夫が、

「心身ともに、財前浩三の仕打ちで傷つき、まだ、完全に癒されていないだろうから、下澤さんの愛で包んでもらって、早く、癒《いや》して、消せばいい」と、言ったので、真智子は、心を決めた。

次の日、真智子は、下澤明に電話して、

「お会いして、昨日のご返事をしたい」と伝えた。

デュエット・バー麗

銀座で、翔子ママから委託されて王麗が経営していた「クラブ麗」は、一夫が、経営権を取得した。

一夫は、店を改装し個室をなくして、仕切りを取っ払い、ステージを設け、その前にテーブルを並べ、客のみんなの顔が見えるようにした。

また、店の名前を、「デュエット・バー麗」とした。

すなわち、カップルで来て、カラオケでデュエットする店としたのである。もちろん、一人で来た客や数人で来た客でも断らず、歓迎する。そういうお客がデュエットをしたいときは、店の女性スタッフがお相手をする。

前の「クラブ麗」のときと違い、会員制で、三時間当たり五千円の前払い制で、飲み放題歌い放題である。

営業時間は、夕方五時から十一時までである。

カラオケの申し込みの締め切りは十時となっている。

また、次のようにいろいろな趣向を凝らしている。

一、お客がデュエットを申込みスタッフが歌えなかった場合は、チケットを一枚渡し、三枚たまると千円の商品券を差し上げる。

二、カラオケは採点表示（ただし、お客が採点は嫌だと拒否した場合は表示しない。）で、ソロで歌ってもデュエットで歌っても、当日の日にちの末尾の数字が出た場合は（三月九日、十九日、二十九日の場合は、五十九点、六十九点、七十九点、八十九点、九十九点が対象となる。）ピッタリ券が貰え、その券が三枚たまるとお店のただ券が一枚貰える。

三、最高得点は店内に張り出し、一ヵ月間トップをキープしたら、三千円の商品券が貰える。また、百点満点を出したお客には、お店の招待券三枚を差し上げる。

スタッフは、王麗がママをやっていた時に働いていたタイ出身のユー、中国人の陳、肖、袁、そして新しくママになった沢谷絵里で切り盛りしている。

ロシア人のマリアンナは、帰国した。そのほかに、五、六名いたホステスは解約した。

真智子と下澤は、この日、銀座で待ち合わせ、寿司屋で食事をした。

真智子が、下澤明からのプロポーズに対し、

「明さんからのお申し出を、心から喜んで、受諾します。至らぬところが多々あることと思いますが、末永く、どうかよろしくお願いいたします」と、返事した。

「真智子さん、本当ですか！　ありがとうございます。感激の極みです。必ず、幸せにします。浮気など絶対しませんので、よろしくお願いします」

「その言葉を忘れないでくださいね。男の人はすぐ忘れるみたいだから……」

「いいえ、私は約束したことは守りますから、大丈夫です。信じてください！」と、顔を紅潮させ、真剣なまなざしで、力を込めて言った。

真智子は、その下澤の顔を見て、思わず吹き出してしまった。

下澤が、透かさず、口を尖らせ、

「笑い事ではありませんよ。私は真剣にお答えしているのですから……」

「ごめんなさい。だって、鬼瓦《おにがわら》のような形相していたから……じゅう〜ぶん、明さんのお気持ちは、分かりました。乾杯しましょう」


二人は、そのあと、最高の気分で食事を終え、デュエット・バー麗に来た。

店内は、すでに盛況を極めていた。

ママが、お客に順番にリクエスト曲を聞いて、リモコンで予約をする。

女性スタッフは、客がどの歌手のどの曲のデュエットを申し込むか、気が気でない。歌えないというと、客に罰金のチケットを渡さねばならない。金額は少なくても責任重大である。

客の中には、最新のデュエット曲を覚えてきて申し込み、スタッフを困らせる人がいるので、スタッフは休みの日は、カラオケボックスに行って、一生懸命覚えている。また、新曲や歌ったことがないデュエット曲のＣＤやテープを買って、何回も聴いて、歌えるように努力している。

真智子と下澤も、順番が回ってきて（男と女のラブゲーム）、（愛が生まれた日）、（二人の大阪）などを、デュエットで歌い、大いに盛り上がった。

新宿探索㈠

日曜日、一夫は、針川智也を誘って新宿に遊びに行った。

針川智也は、四月の人事異動で、警察庁から新宿警察署に出向し、副署長として着任していた。

この日は、桜も散って、日差しが暖かく、清々しい日和であった。

一夫は、NYとイニシャルの入った野球帽を被り、ウエリントン型のブラウンの薄いサングラスをかけ、ジャンパー姿で、道楽者のようないでたちであった。

智也は、グリーンのハンチングを被り、レイバンのサングラスをかけ、ジャケット姿である。

一夫も智也も、新宿は大学時代に数回来たことがあった。だが、歌舞伎町で映画を見て、そのあとは真っ直ぐ川崎の実家に帰っていたので、街中の詳しい事情は知らなかった。

智也は、新宿署の副署長に着任したからには、街頭や繁華街を歩いてどういう所か頭に叩き込む必要があった。

二人は、先ず、亮子に聞いたゲームセンター、ロイヤル・パラダイスを覗いてみた。

店の中は喧騒《けんそう》を極めていた。

若者たちが大勢いて、ゲームに熱中している者やカップルで楽しく話をしている者、店内を、ぶらぶら、うろうろしている者、とそれぞれであった。

一夫と智也は、空いているゲーム機で遊ぼうと探したが、空いているゲーム機は無かった。

二十分ほどしたら、ゲームを終えた若者が席を譲ってくれた。

智也が、座ってお金を投入した。ところがゲームをするのは初めてであったので、やり方がわからない。

智也は、大学時代もまた警察庁に入庁してからも、ゲームセンターやパチンコ屋に入ったことがなかったのである。

「あれー？ これってどうしてやるのだ？」と言いながら、店のスタッフを探していたら、横でゲームをしていた十代後半の男が、教えてくれた。

智也は、その男にお礼を言ってゲームを始めた。

一夫は、そんな二人の姿を、煙草をくわえ、ライターに仕組まれた隠し撮りカメラで写した。そのあと、別の数ヵ所で写し、智也の席から数メートル離れた場所でゲームを始めた。

一夫は、大学時代に先輩に連れてこられて何度かゲームの経験があったので、一人で遊ぶことができ、ゲームをしながら客層を探っていた。


二人は、ゲームを終えて昼飯を、亮子から聞いた中華料理店「中華万世」で摂ることにした。お店は、ちょうど昼時で混んでいた。

二人は、店の客や店員たちに自分たちが友達とか知り合いの仲だ、と思われないように、別々に座ることに決めていた。

カウンターに十人ほど、四人座りのテーブルにも十数人が座っていて、空いている席は、三ヵ所で、三人が座っているテーブル席であった。

二人は、別々に空いている席に座った。

二十歳そこそこと見られる女店員とやはり二十代と見られる男店員がいて、智也のところに男店員が注文を取りに来た。

「ご注文は何にしますか？」

智也は、ラーメンと餃子を頼んだ。

「分かりました。少々お待ちください」

この時、智也は、その男店員のイントネーションで、日本人ではないと強く感じた。

一夫は、智也の席からテーブルが三つ先の席に座った。

女店員が、一夫に注文を訊いた。

一夫は、先ず、ビールを頼み、そのあと餃子を、と注文をし、煙草を吸っていいか訊いた。

女店員は、いいですよと言って灰皿を渡した。

一夫は、ポケットからライターを取り出し、煙草に火をつけながら、智也の席辺りを隠し撮りした。

智也も、一夫がビールを飲みだしたので、時間を合わせるため、カウンターの横に立っていた女店員に手を上げて、ビールを一本ください、と声をかけた。

女店員は、分かりました、と応じた。

智也は、駅前で買った朝刊をカバンから取り出し、読みだした。

読みながら、客層を探っている。

智也の前に座っていた若い男が、ごちそうさま、と言って、出て行った。

女店員が、ビールを持ってきて、お待たせしました、と言って置いて行った。

智也が、一杯飲んでいると、隣でラーメンを食べていた男と前に座っていた男が、ごちそうさま、と言って、入り口近くのレジに行き、支払いを済ませて出て行った。

そのあと、すぐに遊び人風の若い男が二人、智也の席に向き合って座った。

一夫は、この時も盗撮を行った。

すぐそのあと、智也の前の席に、近くの職場で働いているようなサラリーマン風の男が座った。

一夫のテーブルには、夫婦と見られる中年の男と女がラーメンをすすっている。その中年夫婦も一夫の餃子が来た時には、店を出て行き、直ぐに、若いカップルが座った。

智也が、ラーメンと餃子を食べるのに朝刊が邪魔なので、畳んでカバンに入れようとしたら、横に座っていた若い男が、

「その新聞よかったら見せてくれないか」と言ってきた。

智也は、どうぞと言って渡した。

男は、どうも、と言って新聞を開き、紙面に顔を近づけ見入っている。

智也は、男が何を見たいのか、と思ってそれとなく餃子を食べながら盗み見をした。

すると、スポーツ欄ではなく、三面記事の欄に見入っている。

智也が、知らん顔をしてラーメンと餃子を食べていると、横の男が前に座っている男に、目配せをし、頭《かぶり》を振り、智也に、ありがとう、と言って新聞を返した。

智也は、飲食を終え、店員に聞こえるように、ごちそうさまでした、と言って、レジで精算した。

店を出ると二十メートルほど先に一夫が立っていた。

二人は、そのあとぶらぶらと新宿区役所通りなどを歩きながら、店での雰囲気や客層などについて、語り合った。

歩いていると、花園神社が見えてきたので、神社に入って行き、前の銃撃事件のことなどを振り返りながら、お参りをした。

挙式・新婚旅行

下澤明は、真智子にぞっこん惚れ込み、押しの一手で口説き落とした。

その後、二人は頻繁に逢瀬を重ね、ついに結婚式を挙げることになった。

いわゆるスピード婚で、初デートから三ヵ月ほどでゴールインしたのである。

式は、四月の下旬に行い、ゴールデンウィークにかけて新婚旅行をすることにした。

真智子は再婚であるので、挙式について躊躇があった。

しかし、下澤のことを考えると、一生に一度の晴れ姿を、ご両親やご家族に披露し、共にお祝いをしたいだろうと思い、式を挙げることにした。

新婦・真智子の白無垢姿に文金高島田は、圧巻で、その艶やかな姿を見て、来賓の誰もが感嘆の声をあげた。

また、下澤も身長が百八十センチを超え、恰幅《かっぷく》が良かったので、真智子の艶やかな姿に負けず劣らず、威風堂々としていた。

月下氷人・媒酌人に、下澤の尊敬する上司である警視庁の山形晴幸捜査第一課長夫婦にお願いした。

真智子は、婚礼の招待者は絞りに絞って、勤務先からは、守住一孝社長、鳥嶋章副社長、古川義三専務、川西充秘書室長そして秘書の柳川佳代を招いた。また、友人として、中学時代の同級生の高嶋裕子、小林江梨子、阿部貴子、沢谷絵里を招いた。

一夫が、針川智也に声をかけて、一緒に列席した。

下澤明側は、両親や兄妹そして親戚の列席に加え、警視庁本庁の月丘寛治管理官はじめ多田や浩賢を逮捕した時の同僚を招いたので、真智子側列席者の五倍ほどの数になった。

中野署の野間満智署長と中桐誠司刑事課長にも招待状を持って行き、列席してもらった。

結婚式のあとはホテルに移動し、披露宴を盛大に執り行った。


真智子のお色直しの姿も来賓者たちの目を奪った。

あちこちで、「きれいだわ！　素晴らしいわ！」とささやく声が……。

媒酌人の山形晴幸捜査第一課長が、

「新郎！　新婦！　お互いに三国一の花嫁、花婿と終生の契りを誓い合い、おめでとうございます。また、ご両親様、ご家族様もおめでとうございます……。ええー、我々警察官は、悪い奴らを逮捕し、市民を護ることですが、今回、新郎下澤君は、真智子さんの魅力にほだされ、身も心も捕縛されたようです……。下澤君は、良き伴侶を得られ、益々バイタリティーあふれる活躍をされることと思います。また、真智子さんもたくましい夫を得られ、良き家庭を築いていかれることと思います……。新郎が当番で宿直勤務の日は寂しいでしょうから、上司の私に電話いただければ、お慰めに伺いたいと思います……。人生には、厳しい向かい風が吹くこともあると思いますが、二人で助け・支え合い、琴瑟相和《きんしつあいわ》し、そして愛の蕾《つぼみ》を大きく育て、立派な花を咲かせてください……」と、会場の笑いを誘ったり、激励する言葉を送ったりした。

真智子は、媒酌人の話の途中から、悦びが込み上げ涙交じりであった。

新郎の下澤が、それに気づき、ポケットからハンケチを取り出して、そっと渡した。

一夫は、そんな姉・真智子の姿を見て、(今度こそ幸せになってね、と思いながら……。)もらい泣きをしてしまった。

下澤明の両親も感激の涙を流していた。

披露宴が滞りなく終了した。

真智子と明は、新婚初夜はハワイで迎えることに決めていたので、宴会場からリムジン・高級乗用車で成田空港へ向かった。

ハワイに着いて、二人はホテルで、挙式での緊張感やフライトによる疲れを取るため、ホテルのプールに行き、軽く泳いだ後、ボンボンベッドで休息した。

仮眠後、二人は近くのステーキレストランに行き、活力を養った。

ホテルに戻り、ワインで乾杯したあと、優しく、抱擁し、結ばれた。

二人は、その夜も、情炎に身を焦がした。

次の日の朝、二人はまた愛し合った。

朝の営みが終わったあと、真智子が、

「そんなに朝・昼・晩と最初から私を求めていたら、早く飽きが来るんじゃないの？」

「そんなことはないですよ。日本に帰っても、私の仕事は宿直で帰れないことがあるので、わがままを言って、困らせるかもしれませんが、お付き合いくださいね」

「若いから、元気ね。ついていけるかしら、心配だわ」

「耳学問ですけど、モーニング・セックスは、女性ホルモンの分泌を促し、女体にいいそうです。また、男にもいいとか。その理由は、精神安定作用が働き、リラックスして仕事などに打ち込めるからだそうです。更に、朝にスキンシップを重ね、会話をする夫婦は長続きすると聞きました。それから、お昼に行うことを、マチネー・セックスと言うそうで、夜にセックスするのが常識のように言われているけど、夜は、仕事で疲れて帰ってくるので、あまりいいことではないという理由で、朝や昼に営む人も多いそうですよ」

「本当かしら、でも、スキンシップと会話は大事だと私も思うわ」

「でも、子供ができたら、そんなに求められなくなりますから、ご心配なく……」

「私も三十代後半になるから、高齢出産のうちに入るわね？」

「早く仕込みますかね……」

「そうね。アハハ……バカね……」

あとは、お互いの忙しい動作で会話が途切れた……。

朗報に沸く

真智子と下澤明の結婚式が終わって四、五日が経った。

針川智也が、一夫に電話をしてきて、会って話があると言う。

二人は、喫茶店で落ち合った。

智也が、開口一番、

「実は、警察庁長官の奥さんの妹の娘・原河由美と見合いをし、その後、何度かデートを重ね、お互いに心を通じあい、結婚することに決めた」

「ええっ！　本当か、それも長官の奥さんの……それは良かったな。おめでとう。それでいつ式を挙げるのだ？　実は、俺もお前に報告することがあるんだ。俺も、大学時代の後輩でうちの法律事務所に勤めている篠村美絵子と意気投合し、婚約をしたんだ」

「ええっ！　お前も結婚するのか！　篠村と言えば、一年後輩で、一緒にドイツ語を学んだ、あのおかっぱ髪型の可愛い顔した娘か？」

「そうだよ。未だにあの髪型は変えていない。多分、俺の見立てじゃ、バージンだと思う」

「俺も、あの娘ならそう思うよ。俺の婚約者の由美もまだ男を知らないような、純情可憐な娘だと感じたよ」

二人は、自分の妻となる娘を自慢しあった。

更に、結婚式が、同じ五ヵ月後の九月であることにもお互いに吃驚し、二人は抱腹絶倒《ほうふくぜっとう》し、お互いにおめでとう、と言い合った。


真智子と明が新婚旅行から帰ってきた。

一夫は、姉の真智子に結婚することを報告した。また、智也も結婚することを知らせ、同じ九月で、一週間違いで式を挙げる予定であることも。

真智子は、一夫からの報告を聞き、大いに驚くとともに、喜んだ。

「そうなの、智也君の相手が、警察庁長官の親戚筋じゃ、出世は間違いなしだわね。一夫も、相手が弁護士さんでは、同業者で話が合うから、いい人を選んだわね。それにしても、お祝い続きね。実は、私の披露宴で聞いたのだけど、タイ出身のユーちゃんも九月に結婚するそうよ。それと絵里も結婚を前提に付き合いを始めたとか、言っていたわ。絵里の相手は、まだ教えられない、と言っていたけど」

「ええっ！　そうなの。ユーちゃんも結婚、誰と？」

「お店に来ているお客さんで、浜岡さんという人よ。もうだいぶ前からプロポーズされていて迷っていたけど、この前、浜岡さんのご両親に会って、認められたそうなの。浜岡さんって知っている？」

「あの浜岡さん、知っているよ。ちょっと小太りの童顔の人ね。嫌みがなくて、ジョークで人を笑わせるのが得意で、明るくて、いい人だよ。そうなんだ、似合いの夫婦じゃないかな」

一夫は、悲惨で暗い出来事が多かったが、今度は逆に喜ばしい祝い事が続くものだと思い、頬《ほお》が緩《ゆる》み、世の中は、七下がり七上がりといわれるように、浮き沈みがあり、悲観することもあれば、いいこともあるものだ、と痛感した。

新宿探索㈡

一夫と智也は、前回は日曜日だったので、今度はウイークデーに新宿に行くことにした。

二人の姿は、前回と違い、帽子は被っていなかった。服装も背広にネクタイ姿であった。

この日は午後五時に新宿駅前で待ち合わせ、夜の新宿を探る予定である。

先ずは腹ごしらえをしようと、前に入った中華万世に行った。

五時過ぎたばかりであったので、まだ客は少なかった。

今度も別々の席に座った。三席離れた場所にお互い座った。

一夫は、今日もビールと餃子を注文した。

前に来た時の女店員ではなかった。前の女より年取っているようで三十代に見えた。また、その女も日本人ではないように見えた。

智也は、店に入る前にネクタイを大きく緩めていた。

前に来た時の同じ男店員に、ビールとレバー野菜炒めを頼んだ。

智也の席に、あとから二十代と見られる二人の男が座った。

一夫の席には、隣に若いカップルが向き合って座っている。一夫の前の席は空いていた。

一夫は、またライターに仕込まれたカメラで盗撮をしている。


一夫が、食事を終えて会計を済ませ、智也より先に店を出た。

五分ほどして智也が出てきた。

二人は、パチンコ屋に行こうと言って、新大久保の方へ行った。

歩きながら、中華万世の客の品定めをしあった。

二人とも、店には、日本人の客より中華民族系の客の方が多く、話している言葉も中国語が多いように感じた。また、中年以降の客はほとんどなく、若者中心であった、と共通した見方であった。


パチンコ屋に入った。

入口近くの台の下に、獲得したパチンコ玉の箱を積み上げている、若者や年配のおばさんがいた。

中を見渡すと、若者やサラリーマン風の男、更に中年の女など客層はばらばらであった。

二人は、空いている台の前に座って、打ち始めた。

一夫は、十数分で、千円で買った球が無くなったので、また千円入れて球を買った。

智也は、千円で粘っている。

三十分ほどしたとき、大きな声が聞こえてきた。
二、三人で罵声を浴びせ合っている。
一夫が、その声のする方へ行こうとすると、横で打っていた男がすばやく声の方に走って行った。

智也も声の方に行った。すると、パチンコ屋のスタッフたちが、

「お客さんたち、喧嘩はやめてください」

「お客の迷惑ですのでやめてください」と、繰り返し叫んでいる。

見ると、学生風の男が、強面《こわもて》の若い男たちに腕や肩をつかまれて、外に連れ出されるところだった。

一夫が、

「喧嘩はやめろ！」と言ったら、
智也が、

「やめておけ」と制した。

智也がスタッフに、警察に電話するように言った。

学生風の男は、

「離せ！　あいつが、俺がトイレに行っている間に、俺の席のパチンコ玉を盗んだのだ、俺は何も……」

「うるせぇ！　こっちにこい！」

「外で話をつけようじゃないか……」

などと言いながら、外へ連れ出して行った。

強面の男たちは、最初は三人ほどだったが、あっという間に増えて、六人か七人ほどになった。

パチンコ屋の横の路地に学生風の男を引っ張って行き、寄って集《たか》って、叩いたり蹴ったりしている。

一夫は、店内にいるときからライターを取り出して、煙草に火をつけるようにして、強面の男たちを盗撮していた。また、路地での模様も盗撮した。

横にいた智也が、

「おまわりさん！　おまわりさん！　こっち、こっち、喧嘩しているよ」と、大声を出した。

一夫も、一緒に大きな声で、

「早く、早く、おまわりさん」と叫んだ。

それを聞いた、暴行を加えていた男たちは、口々に、

「逃げろ！」と発し、蜘蛛の子を散らすように、逃げ去った。

一夫と智也は、叩かれて、仰《の》け反《ぞ》って、倒れている学生風の男に近寄り、おい、大丈夫か、と声をかけた。男の顔は青ざめているが、傷跡は見られない。

殴った男たちは、顔には攻撃を加えず、胸や腹を叩いたり蹴ったりしたとみられる。すなわち、顔に傷跡を残すと、警察などに攻撃したことが明らかになるため、見えないところを攻撃したの

である。こういうことからして、この連中は初めてではなく、常習犯で、喧嘩なれしている輩であると言える。

殴られた学生風の男は、小さくうめき声を出している。

このあと警察官が来て、救急車を呼んで病院に搬送した。

一夫が、

「智也が、機転を利かせて、おまわりさんと大声を出したから、あの学生はあれで叩かれずに済んだ。あれ以上叩かれたり、蹴られたりしたら、命を落としていたかもしれないな」

「そうだな。暴行した相手の男たちは、手加減せずに殴っていたからな」

「それにしても、智也が言っていたように、新宿はやっぱり怖いところだな」

次の日の新聞の三面に、

（昨夜、新大久保にあるパチンコ店で若者同士が言い争いとなり、数人の男が、一人の男に暴行を加えて逃走した。殴打された男性は、病院に運ばれ治療を受けている。生命に別状はないとのことであるが、肋骨が折れるなど全治一ヵ月の重傷を負っている。この男性は、学生証から日本法律専門大学の沖志摩優司氏であることが判明した。暴行を加えた男たちを捜査しているが、現在のところ、逮捕に至っていない。この争いを目撃した方は、新宿警察署に連絡してください。）

と、小さな記事があった。

一夫は、盗撮していたので、それを現像し、警察に持って行こうと思ったが、警察でなぜ盗撮を行ったか？　どうしてライターに仕込まれたカメラを所持していたか？　誰といたか？　など、いろいろ聞かれると困るし、また、肖像権の問題も発生する可能性もある。更に、一緒にいた智也にも迷惑がかかるかもしれないと不安に駆られ、思いとどまった。

一夫は、盗撮していることは、智也にも内緒にしていた。


一夫も智也も、殴った男たちは、日本人ではなく、中華民族系の男たちで、中国語で喋っていたことを、確認し合った。

智也が、

「新宿警察署に、いま見た状況と男たちの特徴などを報告しておくからな。一人で新宿を探索するのは、やめておけよ」と、忠告した。

二人は、再会を約して別れた。

裁判

星川亮子の裁判は、裁判員制度に則って行われることになった。

一般人から裁判員として女性三人、男性三人の六人が選ばれた。各人の職業や年齢は、さまざまであった。

一夫は、法律事務所で一緒に仕事をしている婚約者の篠村美絵子弁護士や事務員にいろいろ調査を行わせるとともに、私立探偵を雇って、更に詳しい情報を得て、裁判に万全の態勢で臨んだ。

公判が始まった。

裁判長の人定質問も終わり、被告人が星川亮子であることが確認され、検察官の起訴状朗読があり、被告人がいつどこで誰に対し、どういう犯行をしたかを説明したあとで、その行為に対し、罪名と罰条が読上げられた。

検察官が、

「被告人・星川亮子は、○月○日午前零時頃、千代田区永田町にある衆議院第二議員会館前で、立花啓代議士を殺害する目的で、左高浩賢と共同謀議し、ダンプカーで交通事故に似せて殺害したものである。これは、計画的で残忍極まりない行為で、被告人が、左高浩賢と共同して、立花代議士を故意に死亡させるためにとった犯行である。したがって、刑法第六十条に定める、二人以上共同して犯罪を実行した者は、すべて正犯とする、に該当し、正犯である。

被告人は、我々の取り調べで立花代議士を突き飛ばしたことを認めており、ダンプカーで跳ね飛ばせば、死ぬであろうことは予見できたことである。したがって、未必《みひつ》の故意《こい》と看做《みな》される行為でもあります。

残された被害者の身内の方の心情を慮《おもんばか》れば、被告人に極刑を与えるべきであると思料するものである。

よって、条文、刑法第一九九条殺人罪の規定により、懲役十年を求刑するものである」

ここで傍聴席から、ええっ！　検察官は厳しいな、とか、十年はいかがなものかなどと、ざわめきが起こった。

裁判長が、傍聴席は静かに！　と注意を喚起した。

引き続き、被告人に対し、黙秘権の告知を行ったあと、検察官が行った公訴事実について、どこか違う点がないか、また、なにか言いたいことはないか尋ねる、罪状認否を行った。

これに対し、星川亮子被告人は、

「私には、立花代議士を殺害する意思は全くありませんでした。従いまして、私が左高浩賢に頼んで代議士を殺させたのではありません。

実は、立花代議士の殺害をもくろんだのは銀座のクラブ飛翔の翔子ママで、それを知った多田マスターが浩賢に命令してやらせたのです。

浩賢は、立花代議士と面識がなかったので、私に呼び出させたのです。

私は、立花代議士に力ずくで貞操を奪われました。また、その後も田舎に帰りたくなかったら、言うことを聞けとか、お店を開かせておいて、厳しくお金を取り立て、私の預金の差し押さえをするぞ、更に、銀座や六本木で働けなくするぞ、と脅迫を受けたので、身がすくみ、仕方なく言うことを聞かざるを得ませんでした。私には、ほかに好きな人がいたので、立花代議士と早く手を切りたいと心から願っていました。しかし、今、申し上げましたように、いろいろな手を使って脅迫されたので、言われる通り従うしか、仕方がありませんでした。

私がこのように、立花代議士から辱《はずかし》めを受けていることを知った浩賢が、立花代議士を呼び出せ、俺が厳しく注意して、お前に手を出さないようにしてやるから、乗用車のところまで連れて来い、と言いました。

まさか、ダンプカーで突っ込んで来るとは夢にも思いませんでした。浩賢は、最初から立花代議士と私を一緒にひき殺すつもりで、すごい勢いで突っ込んで来ました。

代議士は、私の身体に手を回し、執拗にキスを求めてきました。そんなところへ、ダンプカーが突っ込んで来ましたので、私は身の危険を感じ、自分の身を護るために、代議士を突き飛ばさざるを得ませんでした。

しかしながら、自分の身を護るためとはいえ、結果的に代議士を死に至らしめたことに対しまして、奥さま方に心からお詫び申し上げます。申し訳ありませんでした」と、涙ながらに訴えた。

被告人の星川亮子の話が始まると傍聴席から、酷い男ね！　殺されて当然だわ、女の天敵ね、などとの私語がささやかれた。

裁判長が、弁護士に意見を求めた。

弁護士・金町一夫は、

「星川被告人の陳述にありましたように、彼女には、立花代議士を殺害する意思は、全くありませんでした。

従いまして、検察官が指摘する共同正犯は成り立ちません。また、未必の故意にも該当しません。

何故なら、被告人は、左高浩賢と代議士を殺害する共同の意思を有していませんでした。殺害する意思の全くない者に対して、検察官の判断は、解《げ》せませんし、全く許容できるものでもありません。

すなわち、代議士をひき殺した行為は、左高浩賢が一人で考え、単独で行動した犯行で、被告人は、全く与《あずか》り知らないことで、関係ありません。

こういう状況下で、浩賢が、いきなり、ダンプカーで、代議士と被告人を一緒にひき殺すような、運転をしてきたので、被告人が自分の身を護るためにとった、やむを得ない行為で、刑法第三十七条第一項で定める緊急避難に該当するものと思料いたします。裁判官や検察官の方々には、釈迦に説法だと笑われるかと思いますが、この規定は、違法性阻却事由の一つで、この規定の要件を満たす行為は、犯罪の構成要件に該当していても、違法性を阻却され、犯罪として成立しないということです。すなわち、被告人は自分の身を護るには、この方法しかなかったわけでありますから、この規定に該当し、罰せられないわけであります。

立花啓代議士は、被告人が未成年の時に、力ずくで貞操を奪い、その後も月に何度か、被告人の意思を無視して躰を要求しました。断ると、秘密を暴露する、預金を差し押さえする、銀座などで働けなくするぞ、などと恫喝したり、脅迫したりして、有無を言わせず、自分の欲求を満たすという、卑怯極まりない行為であります。

被告人には好きな人がいて、その人に代議士とのことを知られたくなかった。代議士と一日も早く手を切りたかったが、今、申し上げたように、脅迫をされるため、か弱い彼女は、代議士の指示に従わざるを得なかったのであります。

こういう状況を知った浩賢が、いかにも同情しているかのようなふりをして、代議士に注意をしてやるから、と上手いことを言って、呼び出せたのです。被告人は、浩賢の意図することを露知らず、言われた通り、立花代議士を呼び出して、乗用車のところに連れて行く途中で、事件が起こったのであります。被告人の陳述にありましたように、浩賢は、最初から、立花代議士と星川被告人をひき殺す目的でダンプカーを突っ込んで来ました。

実は、浩賢は、被告人が付き合っている男は、自分が一番頼りにしている先輩でしたので、被告人に取られると、やきもちと言うか、嫉妬心を抱いていました。したがって、立花代議士をひき殺す際に、抱き合っている二人を見て、この際、二人ともひき殺そうと殺意を抱き、ダンプカーで突っ込みました。

これに気付いた被告人は、自分の身を護るためには、立花代議士を振り払う必要がありました。この行為は、先ほど申し上げましたように、緊急避難に該当するものであります。

立花代議士は、不正献金や国家の機密事項を……」

ここで検察官が、

「裁判長、弁護人は、事件と関係のないことを説明しています。ご注意ください」と言うと、裁判長が、一夫に注意を与えた。

弁護士の一夫は、声を一段と上げ、

「裁判長、これから申し上げることは、この事件と大いに関係があります。

実は、立花代議士は、クラブ飛翔のママ翔子に国家の機密書類などを密かに渡し、その見返りに不正献金を受け取るという、政治家の風上にも置けないようなことをしていました。

この件は、東京地検特捜部で捜査がされましたので、その時の資料をお読みいただきたい。

被告人の証言にありましたように、これを知った翔子が、立花代議士がいろいろしゃべると自分たちに手が回り、危険だからと言って、多田に殺害を指図したのです。このあと、多田は、手下の浩賢に、立花代議士の殺害を命じたのです。

命令を受けた浩賢は、立花代議士と、全く面識がありませんでしたので、被告人に上手いことを言って、呼び出させたのであります。

これでなぜ左高浩賢が、利害関係も面識もない立花代議士を殺害したか、ご納得いただけた、と思います。

先ほど申し上げましたように、被告人には、立花代議士を殺害する意思は全くありませんでした。代議士を突き飛ばしたのは、自分の身を護るための止むを得ない行為でありました。また、行ったことに対し、心からお詫びし、反省していますので、寛大なる判決をお願いいたします。

以上です」

検察側が、被害者の証人として、立花代議士の妻の立花伸江を喚問した。

すなわち、星川亮子が、立花代議士に力ずくで貞操を奪われた、と供述していることへの反論である。

立花伸江は、

「主人が力ずくで星川亮子の貞操を奪ったということですが、それは嘘の証言で、彼女が主人を唆《そそのか》したのです。主人からは、私が新潟に里帰りしているときに、亮子の誘惑に負けて、応じた、と言いました。また、家政婦からもそのように聞いています。亮子が、住むところがなく、困っていたから家に置いてやったのに、その恩を仇で返すような仕打ちをする泥棒猫です」と、激しい口調で言った。

傍聴席から、ブーイングが起こった。


裁判長が、弁護側の証人喚問について求めた。

一夫が、席から立って行き、

「それでは弁護側から証人をお呼びしていますので、証言を行っていただきます。証人は、以前、立花代議士の秘書をしていて、今はタクシー会社に勤務されている、兼松芳郎さんです」

一夫は、証人席にいた立花伸江の顔が引きつるのを見た上で、兼松証人に、

「あなたは立花代議士の奥さん、伸江さんをよくご存じですね。あなたは奥さんと肉体関係がありましたね。あなたが奥さんを誘ったのですか」

「いいえ、私が誘ったのではありません。えーと、十数年ほど前に、沢田代議士のパーティがあったときに、立花代議士から、これから数人の代議士と銀座に飲みに行くことになったので、女房を家まで送ってくれと頼まれました。それで奥さんを新宿のマンションまでタクシーで送ったの

ですが、途中で奥さんがもう少し飲みたいと言われて、タクシーを止めて降りられました。新宿区役所通りの居酒屋に入りまして一緒に飲みました。そのあと、奥さんが酔ったので少し休んでいきましょうと、私をホテルに誘いました」と、証言した。

証言を聞いた傍聴席から、驚きの声が漏れた。証人は更に、

「私は断りましたが、奥さんが強引に引っ張って行きました。ホテルの前で、奥さんが私に五万円を渡し、夫に内緒で浮気しましょうと言いました。私もお酒が入っていましたし、大金も貰えるので、奥さんの誘いに応じました。その後も何回かお会いしてホテルに行きました。ところが、それを先生がおかしいと思って私立探偵を雇って我々の行動を写真に収めて私に突き付け、怒号でけしからん奴だと罵られ、秘書を首になりました。多分、先生がその後銀座や六本木のホステスと浮気されたのは私どものことが原因ではないかと思われます」と、述べた。

ここで、検察官から、証人は推定で立花代議士の浮気の原因を説明しています、記録から削除してください、と異議申し立てがあった。

裁判長は、了解した旨発言した。

一夫が、立花伸江に尋問を行った。

「私も証人が言われることには一理あると思料します。立花伸江さん、今、兼松さんが述べたことに異論はありませんね。それに私どもが調べたところによりますと、あなたは新宿にあるホストクラブにも通っていたことが判明しています。まだ、ほかにもありますが、これらについては、事件と関係がないので詳しくは説明しませんが、旦那さんはあなたの行動を知っていたと思われ

ます。いかがですか?」

これに対し、立花伸江は、これ以上、自分の恥部《ちぶ》をさらけ出さないうちに、素直な答弁をした方が身のためと思ったのか、

「主人が政務で忙しく、家に帰ってくると疲れたと言ってすぐ自分の寝室に行ってしまい、私のことをかまってくれませんでした。また、私どもには子供がいませんでしたので、いつも一人で寂しくて、侘しくて、浮気に走りました。主人が真面目に働いていたのに悪いとは思いましたが、寂しさと、欲情は抑えられませんでした」と浮気を認め、反省の言葉を発した。

「それでは、被告人の星川亮子さんが立花代議士を唆《そそのか》したり、誘惑したりしたのではなく、代議士が力ずくで貞操を奪ったことを認めるわけですね」

「私の浮気が原因で亮子さんを襲ったとは思いませんが、私も五十歳に近かったので、私より若い娘を好んだと思います。ですから、ご指摘の通り、夫が先に手を出したと思います」

一夫が、以上で終わります、と言った。


裁判員評議会が開催された。

裁判官三人と裁判員の六人で、被告人の罪状などについて協議がなされた。

女性の裁判員は、星川亮子に対し好意的であった。すなわち、星川亮子は、二十歳前から十数年にわたって、立花代議士から傍若無人な振る舞いで翻弄され、さぞ立花代議士を恨んでいたと思われる。私でもそんな仕打ちを受けたら、仕返しをしてやりたいと思う。また、被告人は、左

高浩賢に指示されて呼び出しただけで、殺意が明確にあったとは思われない。悪いのは浩賢で、被告人が、自分もひき殺されるかも知れないと思ったから、突き飛ばすしかなかった、と言っているように、緊急避難に該当すると思われるし、バックグラウンドを思いめぐらすと、被告人には情状酌量の余地が大いにある。

弁護士が言うように、浩賢の単独犯行で、緊急避難に該当し、無罪でいいのではないか。

一方、男性の裁判員は、意見が分かれた。

被告人は浩賢と、立花代議士をひき殺そうと打ち合わせていたのではないか？　浩賢が死んだから、緊急避難を弁護士から聞いて、主張しているのではないか？

立花代議士を突き飛ばして、車で跳ねると死ぬかもしれないという気持ちがあったはずであるから、厳しく罰すべきで、緊急避難に該当するとは、言いきれないのではないか、という裁判員がいるかと思えば、弁護士の金町一夫が主張した説や女性裁判員の考えに同調する者もいた。

裁判長が、最後にまとめに入り、評議会の結論が出された。

虎穴に入らずんば……

一夫は、智也が新宿署の副署長になったので、一緒に新宿を頻繁に歩き回るのは、立場上良くないことだと判断し、一人で探索を行っていた。

新宿探索は、今回で、七回目を数える。

新宿は、この日は、金曜日であるせいか、人、人、人で、駅前から歌舞伎町にかけ、人の流れは半端なものではなかった。

一夫は、夕方六時半過ぎにいつもの中華万世に行った。

この日は、混んでいて満席であった。

入り口近くから、外に十人ほど並んでいた。

二十分ほど外で並んで待っていたら、やっと順番が回ってきて、店内に案内された。

この日はビールと春巻きを頼んだ。

前に来た時に見た客が数人いた。

この日も、一夫は、煙草を吹かしながら、人知れず盗撮を行っていた。


食事を終え、区役所通りへ出た。

時刻は、夕方七時を過ぎたばかりあったが、すでに、酔っ払って、千鳥足のサラリーマン風の男たちが、奇声を発しながら歩いていたり、学生風の男たちが同じように顔を赤くして酔って肩を組んで歩いていたり、化粧を塗ったくった男か女か分からないような、けばい化粧や服装をした者もいて、一夫は、これが夜の街新宿の光景かと思った。

そんな人通りを歩いていると、八階建てのビルの入り口に、飲み屋の名前が表示された看板がある。

一夫は、五階にある、「スナック・女の都《めと》」という店に興味を抱き、入ることにした。

大学時代に、福岡に旅行したとき、足を延ばして長崎まで行った。

その時、女の都というのは、その昔、平家の落人で、特に、女たちが落ち延びた土地であるという、名前の由来を知った。

一夫は、ノスタルジー・郷愁みたいなものを感じ、店に入った。

扉を開けると、「いらっしゃいませ」の言葉で、若い女が出迎えた。

店の中は、先客がいて、二十代と見られる二人の男がカウンターチェアにいて、カウンター内に立っているママと雑談中であった。

そのママらしき四十代と見られる、着物姿が板について、艶っぽい顔をした女が、一夫に、「いらっしゃいませ。お一人ですか?」と言いながら、一夫を二十代の男たちの席から三席ほど開けたカウンターチェアに案内した。


店のママと話したら、やっぱり、ママは、九州の長崎出身であった。

ママに、ビールを頼み、つまみの表示板を見て、「からすみ」とあったので、注文した。

からすみは、ボラの卵巣などを塩漬けにして干したもので、日本の三大珍味にランクされるもので、高級品である。

スライスされた、からすみをつまみながらビールを飲んでいたら、ママが、照れくさそうに、

「お客さんのお名前お聞きしてよろしいでしょうか?」

一夫は、ポケットから名刺入れを取り出し、

「いいですよ。怪しいものではありません。金町と申します」と言って、名刺を渡した。

ママが、名刺を見て、

「うわー、弁護士さんで、会社の常務さん、お若いのに素晴らしいですね。今後ともご贔屓《ひいき》にお願いいたします」

ここで、先客の二十代の男たちが、政治の話をしていて、

「今の与党の政治はけしからん。特に、安保法制については、納得できかねる。そうだよね、ママ……」と、ママに意見を求めてきた。

一夫が、店に入る前から、その話は続けられていたようで、ママが、

「さっきも言ったけど、私も被爆した長崎の人間だから戦争は絶対反対よ。でも、安保法案について、頭から否定するのはどうかと思います。あなた方は、先の選挙に行きましたか？　それに国会での審議の様子や内容を見ましたか？　知ってますか？　聞くところでは、百時間ほど議論したということですよね。私も、数時間しか見ていないので、詳しい事は分からないけど……」

隣の男たちが、

「お前、選挙に行ったか？」

「いいえ、行っていないよ」

「そうか、そういえば俺も行ってない。ママが言うように、国会の審議、観ようと思っても、そんな時間ないからな……」

「じゃあ、けしからん、とか言えないのじゃない。今の国会議員は選挙で私たちが選んだのよ。この人たちを非難するのは、天に唾するようなことよ」

男たちは、ママのこの言葉で黙り込んだ。

一夫は、優しい顔に似合わず、厳しいことを言う、ママさんだ、と感心した。

一夫は、昔話をしながら、ビール一本とウイスキーのオンザロック一杯を飲んだ。

小一時間飲んで、

「お勘定をお願いします」と言うと、ママは、

「金町さん、五千円いただきます。ありがとうございました。またのご来店をお待ち申しております」と、にこやかな表情で頭を下げながら言った。

一夫が、

「お安いですね。からすみはやっぱり美味かった。また、感じがいいお店なのでまた来ます」と言って、店を出た。


時計を見ると、夕方の八時半を過ぎていた。

一夫は、特に、当てもなく、区役所通りから、路地に入って行った。

区役所通りも店の前で男女のスタッフが呼び込みをやっていたが、路地に入っても呼び込みが多かった。

一夫は、この日も背広にネクタイ姿であったので、勤め帰りのサラリーマン風に見えた。

しかも一人で、ほろ酔い加減で、助平面《すけべいづら》して歩いていると、呼び込みやすいのか、あちらこちらで声をかけられた。

「お客さん、五千円で飲み放題だよ。いい子が相手するよ」

「美人のお姐さんがあなたを待っているよ」

「女が嫌いなら、ニューハーフのいいのが相手するよ」

などなど、声をかけてくる。

亮子に聞いた、キャッチバーやぼったくりバーとかには、気を付けた方がいいと心で思っているが、一方でそういう店に入りたい、とも思っている。すなわち、虎穴に入らずんば、虎子を得ず、ということである。

以心伝心か、十代か二十代か分からない、卵に目鼻をつけたような可愛い顔をした女が一夫の横に来て、一夫の手を取って、

「お兄さん、私と飲まない」と、声をかけてきた。

「飲み代、高いんだろう……」

「そんなに高くないわよ、ね！　いいでしょ。付いてきて、こっちよ」と言って、一夫の返事も聞かず、手を離さず引っ張っていく。

「安月給取りだからお金そんなに持っていないよ。大丈夫かい？」

「大丈夫よ。心配しないで。お兄さんいい男だから、安くしとくから……ね」

一夫は、こういうことを言って、お客を持ち上げ、店に引っ張り込めば、あとは強面の男た

ちが出てきて、強引に不当な料金を取り立てるのだな、と思いつつ、女に付いて行った。

女は、二回別の路地を通り、ほとんど人通りがない、古びたビルの地下にある店に一夫を連れて行った。

店の看板も無く、薄暗かった。

一夫が、階段を降りて行くと、店内の真ん中に向かい合わせのソファーがあり、入り口側を向いて、二人の女が座っていて、「いらっしゃいませ」と声をかけた。

店内を見渡すと、窓は、嵌め殺《はめごろ》しで、開閉ができないようになっている。

この店は、亮子から聞いていた場所にほぼ近いところであった。しかも、地下である。

以前、智也に聞いたところによると、新宿で、サラリーマンの二人が、一杯機嫌で、可愛い子に誘われて、ビルの四階にあるクラブに連れていかれた。小一時間飲んで、勘定を聞いたら、飲み代を十四万円要求された。それで、高すぎる、と文句をつけたら、強面の男が数人出てきて、黙って支払え！　さもないと、窓から突き落とすぞ！　と凄まれ、仕方なく、二人は有り金を叩《はた》いて支払ったそうである。

前に座っていた三十代半ばと見える女が、何を飲みますか？　と注文を聞いた。

一夫が、ビールをくださいと言うと、その女が奥に行き、ビール瓶とコップを持って来た。

ビール瓶は、すでに栓を抜いてあった。

一夫が、

「皆さんも一緒にどうぞ」と言うと、その三十代の女は、

「私は、ビールは駄目だから、コークハイをいただいていいかしら」と言う。

一夫を誘った女に、あなたはどうですか、とビール瓶を差し出すと、

「私もコークハイをいただきます」と言う。するともう一人の女が、

「私は赤ワインをいただいていいかしら」と言った。

一夫が、ＯＫと言うと、それぞれ自分で作って持ってきて、一夫にビールを注いで、乾杯と言った。

一夫は、コップを口に持っていったが、何か眠り薬か劇薬が入っているかもしれないと思って、口につけただけで飲まなかった。

三人の女がビールを断ったことと、栓を開けたまま持って来たことで、一夫は、これは危ないと感じとったのである。

一夫は、三人の女にそれぞれ名前を聞いた。

一夫を誘った女は、「あき」三十代の女は、「さち」もう一人の二十代と見られる女は、「きょうこ」と名乗った。

一夫も名前を聞かれたので、

「鈴木」と答えた。

「鈴木名は多いよね。下の名は何というの」と聞くので、

「健之助」と答えた。

一夫が、みんな綺麗だね。写真撮りたいな、と言って、携帯を取り出すと、三人の女は、ダメよ！と顔を手で覆い、言下に断った。

お店の開店時間や閉店時間などを聞いたり、お店の客層などを聞いたりし、煙草を吸いながら、盗撮したりして、時間が四十分ほど経過し、一夫が、勘定をしてくれと言うと、一番年取った、さち、と名乗った女が、

「お客さん、全然飲まないのね。でも、料金はしっかりいただくわよ」と言って、五万円要求した。

一夫が、わざと大げさに大きな声で、

「ええっ！　ビール一本、コークハイとワインで？」と言うと、

「黙って早く支払った方が身のためよ。文句をつけると高くなるわよ」と、きょうこ、と名乗った女が言った。

一夫は、ズボンの後ろポケットから財布を取り出し、言われた通り支払った。

店の女たちは、目配せをし合って、にんまりしている。


一夫は、不機嫌な顔をして、店を出て、ライターを取り出し、煙草に火をつけるようにして、店の盗撮を行った。

そのあと、一夫が、歩きだしたら、後ろから、あきが、

「鈴木さん！」と声をかけてきた。

「いやー、いい勉強させてくれたよ。高い授業料だね」

「ごめんなさいね。私たちも食べていかないといけないからね。お詫びにホテル付き合うよ。お金はあなたのいい値でいいわ」

「まだ、私を騙す気かい？　風呂に入っている隙《すき》に、財布を抜き取って逃げるとか？　美人局《つつもたせ》のように怖いお兄さんが私に短刀を突きつけるとか？」

「失礼ね。そんなことしないわよ。信じて頂戴、と言っても、さっき騙《だま》したから、信じてもらえないか。分かったわ、じゃーあ～ね～」

「おい、待てよ。では付き合うよ。その代わり、俺の言う通りに従ってもらうけどいいな」

「いいけど、サドとか、変態じゃないでしょうね」

「変態じゃないよ。いたってノーマルだよ」

「そう、じゃあいいわ」

一夫は、ラブホテルではなく、ハイエンド（高級）ホテルにあきを連れて行った。

運よく上層階の部屋が空いていた。

あきは、窓から見える夜景に、

「うわー、素晴らしい。こんな部屋初めて！　凄い、鈴木さんお金持ちなのね。こんな高そうな部屋代払うなら、その分私にくれたらよかったのに、と言いたくなるわね」

一夫は、カバンから別の財布を取り出し、あきに五万円差し出した。

「ええっ！　こんなにくれるの。夢みたい。今日はいいお客さんに出会えたわ。サービスするわ。

一緒にお風呂に入りましょう。洗ってあげるわ」

「先日、オートレースで大穴を当てて、儲けたから、お金のことは、気にしないでいいよ。ところで、あきちゃんは、いくつなの?」

「女に年を聞くもんじゃないわよ、でも、教えてあげる。もう少しで二十二歳になるの」

「そうかい。若くてぴちぴちで、持てるだろうね。今日、声をかけたのが、あきじゃなかったら、付いていかなかったよ」

「また、うれしいこと言ってくれるじゃないの」

ここで、部屋をキープするときにオーダーしたルームサービスのワインとオードブルが届けられた。

一夫は、ワインなどを運んできたスタッフに千円札を渡し、出て行ったあと、バスルームに行き、お湯を入れた。

二人は、ワインで乾杯しながらオードブルをつまんだ。

あきは、こんな素晴らしい料理は初めてだと言いながら、むしゃむしゃ食った。

一夫が、あきに、ワインを飲ませながら、今の仕事をしている理由を訊いた。

すると、あきは、怒ったような顔をして、誰にもしゃべったことないのよ、と躊躇《ちゅうちょ》したが、

「私はね、青森の出身で、高校を卒業し、東京の建設会社に就職するために上京してきたの。ところが、上野に着いて、地下鉄に乗り換える切符を買っている間に、置き引きにあい、スーツケースに入れていた会社の採用通知や貯金通帳、印鑑なども盗まれてしまった。そこへ親切そうな男

が来て、警察に届けようとか言って、連れていかれ、今度はハンドバッグも強奪されてしまった。また、別の男が近寄ってきて、いい働き口があるからと、新宿に連れて来られて、今のような仕事をさせられるようになったの。田舎にも帰れず、仕方なく、続けているけど、お金を貯めて、いつかは自分の喫茶店を持つ夢だけは捨てずに頑張っているの……」と、当時の悲惨な出来事を話しながら、涙を流した。

一夫は、あきの話が本当なのか、それとも作り話なのか、一瞬、不信の念を抱いたが、「それは大変だったね。どうにかしてあげたいけど、どうにもできないな。まだ、若いから働いてお金を貯めるしかないね。でも、人を騙さない方がいいけど、今の仕事じゃ～ね」

「世の中には悪い奴が沢山いることが分かったわ。先ほどあなたが言ったように、私も高い授業料を支払って、いろいろ学んだわ」

一夫は、先ほどの店の三十代のさちという子が気になっていた。

さちと付き合い始めてどれぐらいになるか？　さちには子供がいるか？　さちの本名は？いろいろ尋ねたかった。更に、左高賢一郎という男を知らないか？　などなど。

でも、一気に聞き出すと警察関係か何かと疑われるかもしれないので、ワインを勧めて口が滑らかになってきたら、聞き出そうと思った。

あきにワインと料理を勧めながら、それとなく聞き出していった。

あきは、飲める口で、一夫が、勧めるままにワインを飲んだ。

ワインのボトルが空になった。

一夫は、フロントに電話して、赤ワインを一本持ってくるよう、注文した。

バスタブのお湯はすでに一杯になっていた。

あきが、いきなり、洋服を脱ぎ出し、最後の下着一枚姿で、バスルームの方に行きながら、

「私が最初に入って身体洗ってから、鈴木さんを呼ぶから、入ってきてね」

「了解。よろしく」

あきがバスルームに消えたあと、追加のワインが届けられた。

一夫は、

(一瞬、まだ関係を結んでいない、婚約者の篠村美絵子の顔が浮かんだ。また、あきとセックスして大丈夫か？　これは買春行為になる可能性がある。いや、あきは、二十歳過ぎているから……児童買春には当たらない……しかし、五万円渡しているので、セックスの対価と見られる。俺としては、あのお金は情報代と思っている……が、警察に踏み込まれたら、売春行為と見做《みな》されても、言い訳ができないシチュエーションだ。)

などと、いろいろ、思いを巡らしていたら、あきが、用意できたから入っていいよ、と声をかけてきた。

一夫が、バスルームに入っていくと、あきがバスタブの前に立っていて、

「大きくて素晴らしいお風呂ね。あなた、ここに座って」と、一夫をバスタブの淵に座らせて、身体を丁寧に洗いだした。

あきの裸体は、雪国で育ったせいか、肌は、透き通るように白く、みずみずしく、素晴らしかった。

最後に、あきは、あなたの分身は自分で洗ってねと言って、バスタブに浸った。

あきが、バスタブの中から、

「あなた、先ほど店でビールを飲まなかったわよね。なぜなの？　中に何か入っていると思ったのでしょう？」

「前に、人から聞いていたんだ。ビールの栓を目の前で抜かないで、すでに開いているものを持って来たときは、怪しいから疑えと。それで、店の子たちにビールを勧めたけど、みんな飲まなかったので、これはやばいと思ったんだ」

「その通りよ。あなた、飲まなくてよかったわ。飲んでいたら、眠ってしまい、気が付いたときは、持っていたお金はすべて奪われ、路上に放り投げられていたわ」

「そうなの。怖いことしているんだね」

「私たちの生活は、生きるか死ぬかの瀬戸際なのよ。明日の生活も、将来の保障も何もないから、稼げるときに稼ぐしかないの」

「そうなんだ。大変な生活を強いられているんだね」

「でも、さっきも言ったと思うけど、夢は持っているのよ」

「ああ、喫茶店を開業することだね。是非、夢が叶うことを願っているよ」

二人は、バスルームから部屋に戻り、テーブル席で向かい合って座り、新しいワインで乾杯した。

「今晩は泊まっていっていいの？　それとも休憩するだけ？　鈴木さんは奥さんいるんでしょ？」

「宿泊の料金を支払ってあるから、朝の十一時がチェックアウトだから、それまではいてもいいし、君が帰りたければ、いつ帰ってもいいよ。君次第だよ。俺は、今は独り者だから、朝、バイキング料理を食べてから帰るつもりだ。君も朝飯食って帰ったらいいよ」

「本当に！　そう、じゃあ、私も朝まで付き合うわ。五万円もくれたからね。さっき、オートレースで儲かったたって言っていたけど、ギャンブルなの？」

「そうだね。ギャンブルのうちに入るかな。競馬や競輪と同じように、公営競技と言われていて、公に賭けが認められているんだよ。簡単に言うと、オートバイに乗った八人の選手が競走をするんだ。そのレースの結果を予想して車券を買って、一着、二着、三着を当てれば、配当金というのが貰えるんだ。レースによっては、みんなが予想した一着、二着が負けて、波乱レースになり、車券を買った人が少なくて、大穴が出るんだよ。ところで、あきちゃんは、お酒強いね。どれくらい飲めるの？」

「だって、私の仕事は、お客を連れ込んで飲むことだから、だんだん強くなったわ。焼酎やウイスキーなどの強いものも飲まされるから、度の軽いワインなら一本は軽いわね」

「そうか、でも胃や肝臓に気を付けた方がいいよ。空《す》きっ腹《ぱら》では強いお酒は控えた方がいいよ。さちやきょうこも同じように強いの？」

「さちさんは、九州出身で、成人する前から焼酎で鍛えたとか言っていて、一番強いわね。きょうこは、福島の出身で、私より弱いね」

「あきちゃんの本名聞いていいかい？」

「私の本名は、こんな字を書くのよ。鈴木さん、読めますか？」と言って、机に置いてあるボールペンとメモ用紙を取って、風合瀬亜樹と書いた。

「かわせかな？」と、一夫が言うと、

「残念ながら、一字違いよ。青森に、かそせ、という所があるのよ。何でも日本海の風と枡形山から吹き降ろす風がぶつかり合うところからつけられたらしいわ」

「そうなの、かそせ、って、読むの、初めてだよ。勉強になったよ」

「それで、さっきの続きだけど、さちさんは左高佐知代で、旦那がお店を経営していたけど亡くなったから、今はさちさんが社長よ。きょうこは、斉藤京子と言うのよ」

一夫は、左高佐知代と聞いて、飛び上がらんばかりに驚いた。

亡き左高浩賢の妻で、左高賢一郎の母親だ。

やっと、敵の牙城にたどり着くことができた……と、気分が高まり、感じ入っていたら、あきが、欠伸《あくび》をこらえるようにして、

「ねえ、そんなことより、鈴木さん、エッチしないの？」

「えっ！　あぁ～、ちょっと待って……君はもうワインはいいのかい？」

「終わってから、また飲ませてもらうけど、私、なんか眠くなってきたから、早く、やることだけやった方がいいわよ」

一夫は、あきに魅力がないのではなく、篠村美絵子に対する後ろめたさか、なぜか、セックスに積極的になれなかった。ひょっとすると、さっきの情報に興奮し、逆に、性欲が抑えられ、その気が起こらないのかもしれなかった。

「どうしたのかな？　飲みすぎたのか、力が入らないんだ」

「私の躰、魅力ないかな？　興奮しないの？　私がエレクトさせてあげるわ。ベッドに行きましょう」

一夫は、あきの要求に応じないと、何かと怪しまれるのじゃないかと思って、ベッドに行った。

あきは、バスローブを脱ぎ裸になって、一夫のバスローブに手を掛けて、脱がしにかかった。

一夫は、あきに軽くキスをしたうえで、

「あきちゃん、俺も眠くて仕方がない。明日の朝、エッチしよう」と言って、抱くのを止めて、寝ることにした。

「私は、逃げも隠れもしないから、元気になったら、起こしてね」と言って、一夫の左腕に抱かれて寝た。

あきは、若さのせいか、それとも、ワインをたくさん飲んだせいか、すぐに寝入った。

一夫は、あきに対して最初は、警戒心を抱いていたが、段々話しているうちに、本当は、気が置けない純真な娘《こ》なのだな～……と、一人合点していたら、睡魔に襲われ、深い眠りにおちた。

一夫は、夢を見ていた。

（婚約者の美絵子と抱擁し、愛し合っている姿である。ところが、すぐに、場面が変わり、相

虎穴に入らずんば……

手が王麗に換わった。一夫が、おおれい、会いたかったよ、お・お・れ・い……と喘いでいたら、更に場面は変わり、バスルームで見たあきの白い裸躰に換わった。あきが、一夫を愛撫している。一夫はあきを抱きしめて、快感に浸っている。あきの切ない声が一夫の耳元をくすぐる……。）

一夫は、ここで何か重苦しい感じがして目を覚ました。

すると、あきが一夫の上に馬乗りになっている。

一夫は、一瞬、何がどうなっているのか……？　そして、すぐに、事態が飲み込めた。

「あら目が覚めたのね。寝ていても、ここは元気なのね。躰って不思議ね。交代しますか？」

一夫は、こういう事態になったら、仕方ない。男らしく？　堂々とたたかってやろうと、覚悟を決めて、あきを攻めた。

あきの躰は、若さでぴちぴちしていて、きめ細《こま》かな肌で、すべすべしていて、潤いがあり、肌触りがバツグンに良かった。

あきは、

「ああ～、素晴らしいわ、こんなの初めて～」

と、悦びの声を発した。

営みが終わり、時計を見ると、午前七時半を過ぎたところであった。

二人は、シャワーを交互に浴び、また、ベッドに戻った。

一夫が、濡れた頭をタオルで拭きながら、

「それにしても、まさか、あきが上に乗っているのに気が付かなかったとは、不覚だ」

「ごめんなさい、強姦みたいで、でも、あのまま朝を迎えたら、エッチをしないで、五万円をだまし取ったみたいで、私はそれが嫌だったので……」

「若いのに律儀《りちぎ》なんだね。気にいったよ。お金のことは気にしなくていいよ。また、会いたいな。あとで、連絡先を教えてくれないか」

「分かったわ。内緒でね。さちさんに絶対、お客に恋心や同情心を持つな！　と言われているから、もし、さちさんたちに知られたら、とっちめられるから、誰にも言わないでね」

「了解。二人だけの秘密にしよう」

二人は、そのあと朝食を摂りに行った。

あきは、豪華なバイキング料理に吃驚しながら、舌鼓《したつづみ》を打った。

食事をしながら、あきの連絡先を聞いた。また、店の名前も聞いた。

店の名前は、「楽《らく》・馬酔木《あせび》」という名で、いつも略して、「らくせ」と呼び合っているとのことで、看板は出していないと言う。

一夫は、「楽・馬酔木」とは、お客を馬並みにしか思っていないのか、いや、楽しく酔わせて、お金をまきあげる、いい名前を付けたものだ、と思ったりした。

食事を終え、部屋に戻って、一夫が、気を遣って、ホテルを出るときは別々に出ようと言って、部屋であきと別れた。

あきは、別れ際に、

「鈴木さん、本当にありがとうね。楽しい一日だったわ。また、連絡してね。今度はもっとサービスするからね」と、言って帰って行った。

判決

三回目の裁判で判決が言い渡されることになった。

被告人に対する最後の尋問が行われたあと、最終弁論の手続きに入った。

検察官から、論告・求刑が行われた。

「星川亮子被告人の犯行は、緊急避難には該当せず、左高浩賢と共謀して、計画的に行ったものである。すなわち、交通事故に似せて殺害した、非道極まりない行為であるので、極刑を与え、長期の矯正教育が必要であると思料するものである。したがって、被告人を懲役十年に処するのが相当」と、求刑した。

傍聴席から、前回と同様に、厳しいとか何を考えているのか、などの声が囁かれた。


引き続いて弁護士である金町一夫の最終弁論が求められた。

一夫が、立ち上がり、意見を述べた。

「被告人には、立花代議士を殺害する意思は全くありませんでした。また、被告人の行為は、突っ込んでくるダンプカーからわが身を護るために、やむなくとったもので、緊急避難に該当します。したがって、星川亮子被告人は、無罪にすべきであると、思料いたします。

被告人には、掬《きく》する事情があり、情状酌量の余地が多々あります。被告人はまだ三十代で、これから人生をやり直す時間が沢山残されていますので、どうか裁判長の寛大なご配慮をいただければと切にお願い申し上げます」

最後に、裁判長が星川被告人に、「これで結審しますが、最後に述べておきたいことはありませんか」と、最終陳述をするように言った。

星川亮子被告人は立ち上がり、背筋を伸ばし、服装を改めたうえで証言台に立った。

「自分の身を護るための行為とはいえ、その行為には、責任を感じます。私は、とにかく、当時は、立花代議士から一刻も早く離れたいということが、頭の中で充満していました。ですが、代議士を殺害しようなどと思ったことは一度もありませんでした。しかしながら、私の行為で関係者の方々に大変ご迷惑をおかけしたことは事実です。従いまして私のとった行為に対し深く反省し、関係者の方にお詫び申し上げます。特に、代議士の奥様には大事な方を死に追いやり、申し訳ありませんでした。また、私の両親や兄妹、親戚に、後ろ指《うしろゆび》をさされるような迷惑をかけ、申し訳ありませんでした。もし、社会に復帰できましたら、ご迷惑をお掛けしたことへの罪滅ぼしをさせていただきます。皆さん、ごめんなさい」と泣き伏した。

傍聴席にいた両親や兄弟も涙を浮かべ、いよいよ言い渡される判決に気が気でなかった。

裁判長が、これで結審します。判決は、追って連絡後、申し渡します。

二週間後、判決が言い渡された。

裁判長が主文を読み上げた。

「被告人を無罪とする」

と、言った途端に傍聴席から拍手が送られた。


少し間を置いて、裁判長が、罪となる事実、適用した法令、事案の内容や量刑の理由について説明した。


その概要は次の通りである。

（本件、立花啓代議士轢死《れきし》事件のそもそもの発端は、飛翔のママ左高翔子が企《たくら》んだものである。

すなわち、翔子が、邪魔になった立花代議士の殺害を多田に指図し、このあと、多田が、手下の左高浩賢に命令したものである。

多田の命令を受けた浩賢は、立花代議士を殺害するにも、面識がなかったため、被告人の弱みに付け込み、上手い言葉で、呼び出しを依頼した。

被告人は、代議士と早く縁を切りたかったので、浩賢の依頼を受けいれ、代議士を呼び出したものである。

すなわち、被告人は、殺害実行者の左高浩賢に頼まれ、代議士を呼び出したに過ぎない。

呼び出したあとは、左高浩賢の単独犯行である。

よって、星川亮子被告人は、代議士殺害には関与していないと判断するものである。

浩賢は、多田に命令されて、代議士を何が何でも殺害しようと思っているところに、被告人と代議士が抱き合って現れたため、代議士だけではなく諸共《もろとも》、ダンプカーで殺害しようとしたものである。

被告人は、突然迫る身の危険を感じ、やむを得ず代議士を突き飛ばし、自分の身を護ったものである。

結果的に代議士を死亡に至らしめたが、被告人の取った行動は、刑法第三十七条第一項に定める緊急避難に該当し、やむを得ない行為であったと、判断するものである。

被告人は、立花代議士から十数年にわたり脅迫で自由を束縛され、辱めを受けていて、その痛手を負った心情を思うと、筆舌に尽くしがたく、同情すべき点が多々ある。

被告人は、行ったことについて深く反省をしていることもあり、今後、良き友達を選んで、前を向いて生きていけば、人並みの生活ができると、思料するものである。

裁判で、極刑を与え、厳しく罰するだけが、裁きではない。将来性を考え救うことも大事な裁きである、と、考えるところである。）

星川亮子はその日に釈放され、両親とともに新潟へ帰っていくことになった。

亮子は、一夫に涙を流してお礼を言い、新潟に着いたら手紙を書きますと言って、裁判所をあとにした。

亮子は、裁判所を出ると、両親に、マンションに寄って着替えなどをしたいと言って、ゴールデン六本木に連れて行った。

マンションに着く前に、寿司屋や酒屋などに寄って、出前を頼んだ。

マンションの間取りは、二LDKで洋間、和室、居間とダイニングルームである。

亮子は、マンションで、着替えをすることと、両親に改めて謝罪をすることであったが、そのほかに大事な目的があった。それは多田と結婚するために、骨身を惜しまず働き、こつこつ貯金してきたお金があるかどうかを確かめるためであった。

亮子は、先ず、両親を居間に案内し、お茶を出し、テレビでも観ていて、と言って、キッチンに行き、米櫃《びつ》を開け、お米の下に隠しておいた貸金庫の鍵と貯金通帳を取り出した。

亮子は、手にした通帳などを見ながら、安堵の胸をなで下ろし、このお金で、また一からやり直そうと強く決意を固めた。

それらを寝室のベッドの下に置き、居間に戻り、掃除機で部屋を綺麗にした。

そのあと、お寿司などが来るまでに、髪を洗ってさっぱりしたいから、と言って、シャワーを浴びた。

バスルームから戻ると、お寿司やお酒などが届けられていた。

三人で、食事をする前に、亮子が、両親に手をついて、

「いろいろとご心配をおかけし申し訳ありませんでした。これからは真面目に生きていきます。それで相談ですが、新潟に帰ると言ったけど、田舎は世間体がうるさいから、東京にいた方が、

両親や兄妹のためにもいいのではないかと……」

父親が、何とも言えない表情で、

「何であんなに我々の自慢のいい子だったお前がぐれてしまったのか、分からなかったけど、あとで女秘書に聞いたよ。俺が女秘書と浮気をしているところに出くわし、そのショックで家出をしたと……お前にも女房にも、謝らなければならないのは俺の方だ。あの当時は、有頂天になっていて何しても許される、と思っていたからな。苦労かけて悪かったな」

母親が、少し涙顔で、

「亮子！　お父さんもこうして謝っているから赦《ゆる》してあげてね。私も一時は離婚しようかと思ったけど、父さんがいたから家族五人、不自由なく暮らしてこられたのに、一回の迷いごとというか、過ちで、問い詰めて離婚すると子供たちに悪影響を与えると思って我慢したの。私はお父さんがいての妻で、お前たち子供がいての母親だからね。分かってね」

「お前はこちらに残りたい……確かにお前の言う通りだな。我々は我慢するけど、兄弟や親戚の者がうるさく言うだろう、いや、言わなくてもお前は肩身の狭い思いをするだろう。針の筵《むしろ》の生活を余儀なくされるから、こっちにいた方がいいかな」

母親も父親の意見に賛成した。

その日は、両親はマンションに泊まった。

次の日、亮子は両親を銀座に連れて行き、デパートや高級ブティックなどを案内した。

亮子は、郵便局でおろしたお金で、両親にハンドバッグや洋服を買ってあげた。また、兄や弟にも財布やキーホルダーなどを買って、渡してくれるように言って、母親に預けた。

両親が、浪費しないように注意したが、亮子は、いいから心配しないでと言って、買った。

判決の日の翌日から十四日以内に不服があれば書面で控訴する申し立てをしなければならないが、検察側は控訴をしなかったので、刑が確定した。

一夫は、刑が確定したことを亮子に知らせ、今後、何か相談事などがあったら、と言って電話番号とメールアドレスを教えた。

亮子は、一夫に、

「私、新潟に帰って、両親と一緒に暮らすと言いましたが、田舎は世間体がうるさいことと、新潟では、働く場所や居場所がないと思うので、六本木のクラブ「亮」を改装して、新しく、あの店でやって行こうと思います。それで、一夫さん、いろいろ相談に乗っていただきたいのですが、よろしいでしょうか？　それと、マンションの管理費などの支払いをしていただいたので、清算をしますので、明日にでもマンションに来ていただけますか？」

「了解しました。明日、マンションにお伺いします。それから、私で良かったら、何でも相談してください」と応じた。

株主総会

財前カンパニーの株主総会が開催された。

事業報告や当該期の計算書類報告などが終了し、決議事項に入り、議案説明が行われた。

第一号議案は、剰余金処分の件
第二号議案は、定款一部変更の件
第三号議案は、取締役の選任であった。

第二号議案の定款一部変更の件で、財前カンパニー名を廃し、新たに、株式会社G・Q・C（GENERAL・QUALITY・CAMPANY）に社名変更することが議決された。

これは、前社長の亡き財前浩三がいろいろと世間を騒がせたことと、元従業員が、不正競争防止法違反で逮捕されことなどで、会社のイメージを損ねたというのが提案理由であった。

新しい社名の由来は、会社全体が、質の高い、会社として、世の中に貢献していくようにと、つけられたものである。

第三号議案では、財前真智子が常務取締役を退任し、新たに真智子の弟であり、また、会社の顧問弁護士をしていた、金町一夫が就任することを議決した。

この件は、事前に、真智子が社長はじめ重役陣や有力者に根回しをしていたので、これといった反対もなく、議決された。

真智子が持っていた株のほとんどは一夫に譲渡された。

退任の理由は、真智子が結婚し、下澤真智子となったことと、家事に専念したいということが大きな理由であった。

真智子には、もう一つ大きな理由があった。それは、お腹に新しい命を宿したことであった。

だが、このことは、無事に出産が終わるまで、主人の下澤明以外には誰にも告げず、心にしまっておこうと思い、公言を控えた。

総会は、粛々と進められて終了した。

情報収集

一夫は、新宿探索で知り合った風合瀬《かそせ》亜樹から、更に情報を得るため、デートを申し込んだ。携帯メールで、会いたい、と送信したら、昼でも夜でもいいから、場所と時間を指定してください、と返事が来た。

一夫は、事務所から前回使用したハイエンド・ホテルに電話で部屋を予約し、そのあと、亜樹に、夕方六時に前回使用した新宿のホテルのロビーで会いましょう、とメールした。

一夫が、新宿駅を出て、ホテルの方へ歩いていると、ロングヘアで、黒縁の伊達《だて》眼鏡《めがね》を掛けた女が、一夫の十五、六メートル後ろから歩いてくる。

一夫が、交差点で止まると、その女も立ち止まり、ショーウインドーを覗いている。

信号が変わり、一夫が、歩き出すと、その女も跡を歩き出した。

一夫は、後ろから髪の長い女がついてきているとは、全く気付いていない。

女は、一夫の後ろを、付かず離れずの距離を置いて、尾行している。


一夫が、ホテルに着き、玄関に入って行った。

尾行の女が、手に持っていたスマートフォンで、ホテルの玄関に入る一夫を、撮影した。


一夫は、そんな女の行動に全く気が付かず、ホテルに入り、フロント前のロビーのソファーに、亜樹がいるのを確認した。

亜樹は、可愛い服装で、おしゃれ眼鏡をかけていた。

一夫は、フロントに行き鍵を貰い、ルームサービスを頼んで、亜樹に声をかけ、二人はエレベーターに乗り部屋に向かった。


尾行の女は、二人がエレベーターに乗り込み動き出したあと、エレベーターホールに行き、エレベーターが止まる階数を確認した。

そのあと、女は、フロントに行き、同じ階にある部屋が空いているか訊いた。

部屋は空いていると言うので、女は、その部屋を申し込んだ。

女は、エレベーターで目的の階に着き、自分が取った部屋に行く前に、各部屋のドアーに耳を近づけて中の声を確認した。

すると、ある部屋の中から、一夫と女の声が聞こえてきた。

その部屋は運よく、女の部屋の隣であった。

女は、ほくそ笑んで部屋に入った。

部屋に入ると、慌ただしく、ハンドバックから盗聴器・コンクリートマイクを取り出し、一夫たちの部屋の方の壁に取り付けた。


一夫の部屋の扉がノックされ、ルームサービスのスタッフがワインとオードブルを届けに来た。


女は、隣の一夫たちの言動をコンクリートマイクで真剣に聞き入っている。

しかしながら、高級ホテルであるため、安普請《やすぶしん》の旅館などと違い、隣の騒音防止措置のために、隣の部屋の会話はほとんど聞き取れなかった。

女は、

(この盗聴器では、二人の言動を把握できない。でも、ホテルに若い女と入るところは確認したからいいか。このままホテルにいても仕方ない。)

と思い、フロントに電話して、急用ができたので、と言って、部屋をキャンセルした。

そのあと、女は、ホテルを出て街中に消えた。

こういう尾行があったことなど知らない、隣の一夫たちの部屋では、スタッフが部屋を出て行くと、亜樹が、

「会いたかったわ。全然、連絡くれないので、私から電話しようと思っていたところだったわ」

と言って、一夫の首に手を回し、キスをした。

一夫は、優しく、肩を抱いて、それに応じた。

一夫としては、今日は、情報を得るためで、亜樹とはセックスをしないつもりであった。

これ以上、婚約者の美絵子を裏切るのは、後ろめたく、心が痛んだ。

先ず、ワインで乾杯をしようと言って、ボトルの栓を抜き、亜樹のグラスに注いだ。

次いで、自分のグラスにも注いで、グラスを合わせ、乾杯と言い合って飲んだ。

一夫は、どこから口火を切るか？　と思案し、先ずは、おだてて飲ませてからだ、と思って、ワインを注いでやりながら、

「今日の亜樹は、見違えたよ。この前より、垢抜けて可愛くて、金持ちのお嬢さんみたいだよ」と、お世辞を言った。

「ほんとに……嬉しいわ。そんなこと言われたことがないから……鈴木さんは、優しくて、褒《ほ》め上手ね」

「本当のことを言っているんだよ。自信もっていいよ。綺麗だよ」

「ありがとう。このワイン、美味しいわね。どこのワインなの？　高そうね」

「フランスワインで、有名なボルドーというところで取れたものだよ。高いのは一本数十万円、いや、百万を超えるのもあるのじゃないかな……」

「ええっ！　そんなに高いの！」

「気にしなくていいよ。ああ、これ、前回と同じ五万円でいいかな？」

「ええっ！　また、こんなにくれるの、ほんとにいいの」と、高揚した声を出して、一夫に抱き付いた。

「もう少し飲もうね、時間はたっぷりあるからね」

「分かったわ。今日は私がたっぷりサービスするからね。今日も泊まっていいの？」と、甘い声で、耳元でささやいた。

「いいよ。泊まっていって、ところで、亜樹はどこに住んでいるの？」

「私はね。大久保の駅から十五分ほど歩いた所にある、木造建ての、「メリー・アパート」の六畳一間に住んでいて、この部屋より狭いわ」

「当然一人で住んでいるんだよね」

「そうよ。だって、独身で相手もいないから、一人よ。男と住んでいると、私を疑っているの？」

「そうじゃないよ。お店にいた、京子さんと一緒に住んでいるのかなと思ったの……」

「京子さんは、新大久保の「セカンド・コスモス」というマンションの一ＤＫに住んでいるわ」

「佐知代さんは、どこに住んでいるの？　やっぱり、新大久保かい？」

「そうよ。同じ不動産会社で、［ファースト・コスモス］というマンションよ。新大久保駅から歩いて十分ぐらいのところで、京子さんのマンションと二百メートルぐらいしか離れていないところよ。私は、ママのマンションに泊まったことがあるけど、あそこは、二ＬＤＫで、広かったわね。私も二ＬＤＫぐらいに住みたいな」

亜樹は、ワインを飲んだせいか、顔を紅潮させ、饒舌《じょうぜつ》になってきた。

オードブルをほとんど食べず、飲んだので、少し酔ったようだ。

二人で、ボトルの半分以上を飲んだが、亜樹の方が、ピッチが速く、一夫より多く飲んでいる。

一夫は、また、亜樹のグラスにワインを注ぎ足し、確認のため、訊いた。

「佐知代さんは、子供がいそうな雰囲気だけど？」

「そうよ。結婚が早くて、十七才で子供を産んだと言っていたわ。男の子で、けんちゃんと呼ばれている。今は、十九歳かな？　そろそろ、成人式を迎えるのじゃないかな？　少し、怖い感じがする、なんて言ったっけ、そうそう、ニヒルな感じよ」

一夫は、やっぱり、左高佐知代の子供で賢一郎に間違いない、と確信した。

「そうなんだ。そんな大きな子供がね。佐知代さんと一緒に住んでいるんだ」

「そうよ。親子だし、まだ、独身だから、一緒に住んでいるわ。私、お腹が減ってきたわ。これ、食べるわね……」と言って、オードブルを食べだした。

そのあと、亜樹は、バスルームに行き、湯船にお湯を出して、戻ってきた。

「ワインがそろそろなくなるので、もう一本注文しよう」

「ええっ！　もう、一本飲んじゃったの？　飲むペースが速いわね。鈴木さんも強いわね～」

二本目のワインが届いた。

「今日は、この前と違って、お昼過ぎまで寝ていたので、この前のようにまだ眠くならないわ」
と言って、自分のグラスにワインを注ぎ、一夫のグラスにも注いだ。

「亜樹は、本当に強いね」

「私ね。中学、高校とバスケット部で鍛えたから、身体は丈夫なのよ。それに両親が、アルコールが強くて、よく、お酒を飲んでいたからね。私は、その遺伝で強いのかもね」

「確かに、親が強いと総じて子供は強い人が多いね」

「ところで、佐知代さんの子供は何の仕事をしているの？　大学生かな？」

「けんちゃんは、大学生ではなく、この前のお店、楽・馬酔木でお母さんのお手伝いをしているよ」

「そうか。この前、僕が、代金が高いと言って、お金を払わないとクレームをつけ、粘ったりしていたら、奥から出てきたわけか？」

「そうよ、良かったわ、鈴木さん、すぐ支払ったから、怪我しなくて……」

「そうなの、クレームつけると、暴力を振るわれ、怪我したり、簀巻《すま》きにして、殺されたりするんだ」

「昔は、別の店で簀巻きにして、海に投げ込んだとかあったらしいけど、私たちの店では、絶対、殺人はしないようにと、ママが注意しているから、無いけどね」

「僕は、早く支払ったから、暴力を加えられなかったのか。良かった、良かった」

二人は、ワインの二本目の半分ぐらいを飲んで、大分、酔いが回ってきた。

亜樹が、前回と同じように、いきなり、服を脱ぎ出し、バスルームの方へ行き、

「お風呂のお湯も一杯になったので、私が先に身体洗ってくるわね。あとで呼ぶから、バスルームに来てね」

「分かった」と答えた。

一夫は、今日は、亜樹とは何もしないで、情報を聞き出すだけにしようと覚悟してきたから……。

それより、ほかに、亜樹から聞き出しておかねばならないことはないか？　と思いはそちらへ移った。

そうだ、楽・馬酔木では、佐知代の子供のほかに誰かいるのか？　多分、外にも強面の男がいると考えられる。

バスルームで聞いてみるか。

一夫が、いろいろ考えていたら、

「用意できたわよ。入ってきていいわよ」と、亜樹の声が飛んできた。

「了解」と言って、バスルームに行った。

前回と同様に、亜樹は、一夫の身体を洗ってくれた。一夫は、さりげなく、

「あの店には、佐知代さんの子供のほかにも男がいたんだね？」

「そうよ。けんちゃんより年上で、ママの旦那だった人の友達が二人いるわ。一人は、川崎さんで、もう一人は大前さんという人よ」

一夫は、この名前は、亮子に聞いた名前だと思いながら、

「そうだろうね、一人じゃ、お客を説き伏せられないよね。お客は、最初は、女だけだと思って、高いぞと強気に出ていても、三人の強面の男が出てくると、びびっちゃうよね。それで、黙って、言いなりに支払うわけだ」

（一夫は、続けて、酷《ひど》く、悪いことをやっているんだね！　と出かかったが、言葉を飲み込んだ。）

「お店では、みんなとどういう話をしているの？」

「どういうタイプの男が騙しやすいか、とか、騙す時の手口をどうするか、とか。そうそう、最近ね、私を外して、何か企んでいるらしいの。私が店に入っていったら、けんちゃんとママと川崎さんが、話していたの。それで、私の顔を見たら、目配せしながら、みんな席を離れて行ったのよ。何か怖いことを企んでいるみたい。たとえば、私を売り飛ばすとか……」

「ええっ！　亜樹を売り飛ばす！　そんなことはやらないだろう……」

「前にね、言うことを聞かなかったら、売り飛ばすぞ！　って、脅かされたことがあるの。だから、私に聞かれないように、こそこそ話し合っているんじゃないかな。最近、カモが減り、店の売り上げが少なくなって、困っているみたい。私や京子さんへの支払いも遅れているのよ」

「そうだろうね。この前、新聞でぼったくりバーやキャッチバーの事件の報道があったりしたか

らね。それで、警察の取り締まりも強化されたので、店によっては、お客が、激減したところもあるんじゃないかな?」

「そうよ。だから、私を売り飛ばすとか……私、あの仲間から逃げようかな……」

「そうだね。出来たら、足を洗って、どこかで真面《まとも》な仕事を探した方がいいね」

亜樹は、さっきから、一夫の身体を洗う手が止まっていた。

「もういいよ、バスタブに浸かりたいから」

「分かったわ。じゃあ、ベッドで待っているわね」と言って出て行った。

一夫は、これで、亮子から聞いた男たちの名前も確認できた。

バスタブに浸りながら、亮子に聞いたことを反芻《はんすう》し、亜樹から聞き出したことと、一つ一つ突き合わせていた。

亮子が言っていた、中国人とは、今は、付き合っていないようだ。多分、中国人の多田(張)が抜けたせいであろう。もしかすると、中国に戻ったのかもしれない。

それにしても、亜樹たちの店は、売り上げが減少し、困っているようだ。何か、悪いことをしなければいいが……亜樹はいい子だから、できることなら、どうにかしてやりたい、と思ったりしていた。

一夫が、バスルームから部屋に戻ると、亜樹は、ベッドで寝息を立てていた。

一夫は、内心安心して、このまま寝させてあげようと思って、そのままにし、消灯した。

一夫は、ソファーに寝て、すぐ、深い眠りに引きずり込まれた。


朝方、亜樹が、一夫が寝ているソファーの傍に来て、

「ごめんなさい、相手せずに寝てしまって、起きてください。今からやりましょう」と、一夫の身体を何回か揺すりながら、声をかけた。

一夫は、それで目が覚めた。

「ああ〜、もう朝か？　ごめん、ちょっと、トイレに行ってくるからね。そして、シャワーを浴びてくるよ」

一夫は、亜樹とあくまで寝ないつもりであった。

時計を見ると、七時を少し回っていた。

シャワーと洗面を終え、一夫が部屋に戻ると、亜樹が素っ裸でベッドの上にいた。

「亜樹ちゃん、今日は、エッチはしないでいいよ。お金も返さずにいいよ。もう少ししたら、バイキング料理を食べに行こう」と、一夫は言って、亜樹にバスローブを掛けてあげた。

「ええっ！　どうしてしないの？　私、魅力ない？」

「そうじゃないんだ。亜樹は魅力たっぷりだよ。でも今日はもう時間がないから、食事に行こう」

「なんか、私、責任感じちゃうな。何もしないで、お金貰って、ごちそうになるなんて……」

「いいから、いいから、気にしなくて。今日は会議が何回かあるし、昼からは車で遠出するので、時間がないんだ。だから気にしないで、着替えて、食事に行こう」と、どうにか亜樹を説得し、

食事に出かけて行った。

亜樹は、今回も、バイキング料理を、美味そうにもりもり食った。

一夫は、そんな亜樹の無邪気で、可愛い表情を見て、どうにかしてやりたい衝動に、再び、駆られた。

二人は、食事を終え、前回と同様に、別々にホテルを出た。

亜樹が、別れ際に、

「また、連絡くれるわよね。今度は、お金いらないわよ」と言って手を振り、心残りな顔をして、帰って行った。

慶事の連鎖

季節は、九月を迎えた。

針川智也と一夫が、この月に結婚式を挙げるし、ユーも式を挙げることになっている。

針川智也の方が、一夫より一週間早く挙式を行った。

この日は、お日柄が良く、申し込みが多くあり、打ち合わせたわけではないが、智也とユーの結婚式が重なった。

したがって、一夫も真智子も掛け持ちで、結婚式と披露宴に出ることになり、慌ただしい一日になった。

智也の結婚式は、盛大であった。

新婦が、警察庁長官の親戚筋であるし、新郎の智也が、将来の警察庁長官の呼び声が高いので、先輩、同輩、後輩など、多くの列席者であった。

警察庁だけではなく、警視庁や関係省庁の幹部なども臨席した。

著名人や幹部などのお偉方が、前席に並んで座り、豪華な顔ぶれであった。

面白いエピソードを入れて、祝辞を述べる上司や同僚も多く、披露宴は爆笑の渦に包まれることもあった。

一夫も、友人代表で祝辞を述べた。

智也の結婚式・披露宴が終了し、ユーの結婚式・披露宴に向かった。

智也の結婚式・披露宴と比較すると、ユーの方は、簡素な宴で、来賓の数も少なかった。

それもそのはずで、タイから両親と兄弟が出席するだけで、あとは、新郎側の来賓ばかりであった。

しかし、ユーは、列席者全員に祝福を受け、ユーと両親は大いに感激し、うれし涙を流しあった。

遠い故郷を一人で旅立ち、全く知らない日本で働き、タイの両親に送金するなど、いろいろ、苦労が多かったせいで、この日の喜びは、ユーにとっては一入《ひとしお》であったと思われる。

列席者から、心温まる、素晴らしい披露宴であったと拍手喝采を浴びた。

一週間後、一夫が、結婚式を挙げた。

弁護士同士の挙式であるので、言わずもがな、列席者は法曹関係者が多かった。

また、一夫が、株式会社G・Q・Cの常務取締役であることから、会社の関係者が次に多かった。

更に、銀座のデュエット・バー麗の経営者であることからも、絵里、ユー、陳などのスタッフのほか針川智也夫婦や星川亮子も列席して祝ってくれた。

真智子は、下澤明と一緒のテーブルで、弟・一夫の晴れ姿を、目を細めて見守った。

智也が、友人代表で祝辞を述べた。

真智子は、智也の言葉を聞きながら、自分の結婚式と同じように、悦び、そして涙し、

「一夫、幸せになってね。お互いに家庭を持ったから、今後は、家庭第一で生きていきましょうね」

と、声をかけた。

また、一夫の妻となった美絵子に、

「美絵子さん、おめでとうございます。これからは二人で力を合わせて、明るい家庭を築いてくださいね。一夫のこと、よろしくお願いいたします」と、涙を浮かべながら言った。

胡散臭い男

麗は、今日も盛況を極めていた。

この日、お店を開いて一時間ほど過ぎた頃、カップルで新しいお客が入ってきた、と同時ぐら

いに、二人の男が入ってきた。

新しく会員になるには、身分証明書を提示して、入会書に自署するようになっている。入会費は、三千円である。

四人のうち、最初のカップルは、名の知れた会社の身分証明書を提示し、申込書に自署した。先に来ていたお客と顔見知りのようで、お互いに声を掛け合っていた。

あとの二人は、身分を証明するものを持たず来店した。

一見、遊び人風であった。

最初の申し込みを担当していた陳が、絵里ママを呼んだ。

絵里ママがお客の席から受付まで来て、陳と交代して応対した。

「申し訳ありません。当店は、会員制で入会書に自署していただくことと身分を証明するものが必要です。運転免許証か保険証かどちらかお持ちではありませんか。今日お持ちでなければ、今度いらっしゃる時に、この入会書に記入していただきまして、身分を証明するものをご持参いただきたいのです。よろしくお願いいたします」と言うと、二人は、ふてくされた顔で、ママを睨んだあと、お互いに顔を合わせて頷き合いながら、

「そうですか。分かりました。じゃあ、また来ます」と言って帰って行った。

二人が帰ったあと、ユーやお客の一部で、

「なんか今のお客は、言葉つきや、風体《ふうてい》から、普通の人と違う感じがしたね」

「そうね、胡散臭《うさんくさ》い感じで、異様な雰囲気を漂わせていたわね」

「今度来たら、断った方がいいんじゃないかな」などと、囁き合っていた。

次の日、その二人の男は開店と同時刻にやってきて、入会した。

入会届と国民健康保険証を持参したので、絵里ママは断り切れず、入会を認めた。

一人は、鈴木竹太郎と署名し、三十六歳であった。もう一人は、佐藤進二で、三十七歳と署名した。

二人とも、会社勤めであった。

その日は、二人は、ほかのお客とはあまり言葉を交わさず、もっぱら、ユーと陳が話し相手をした。

二人は、デュエットでも一人でも歌わず、二時間ほど、飲むだけで帰った。

その後、鈴木と佐藤は、いつも二人で、一週間に一度来たり、二度来たりであった。

投書

一夫は、新宿を探索しながら、盗撮をした写真を現像して、改めて写真を見ると、憤りが込み上げて来て、じっとしていられなくなった。

智也の話では、あのパチンコ屋の横の路地で、学生が殴打された事件の犯人たちは、まだ、誰も捕まっていないという。

また、新聞報道などでは、世間を騒がせているキャッチバーやぼったくりバーと言われる暴力バーでの事件が、昨年より頻発しているという。

こういう呼び込みに引っかからないようご注意くださいと、報道などがされたところであったが、また、昨日、新宿で数件の事件が発生した。

そのうち、摘発を受けたのは、二件で、ビルの三階と地下のバーと書いてある。

一夫は、ひょっとすると、地下のバーとは、楽・馬酔木かも知れないと、思った。

ぼったくりバーなどの呼び込みで、餌食になる客も、助兵衛顔で、快楽やアバンチュールを求めているから、可愛い女の子に簡単に、騙されるのだ。

一夫は、スパイのように、情報を得るためわざと騙されて店に入ったから、憤りは感じないが、女の口車に乗って、ぼったくりにあった被害者は、相当、怒っているはずだ。


一夫は、盗撮もいけない行為だが、刑法上は盗撮を罰する規定がない。

この写真を持っているだけでは、誰にも迷惑を掛けていない。しかし、公表したりすると、罰せられる可能性がある。

ただ、この写真を持っているだけでは、宝の持ち腐れではないか、腹を据えて新宿警察署に投げ込むか！　新聞では、事件の目撃者は新宿署に連絡を、と書いていたではないか。

一夫は、眦《まなじり》を決して、新宿署に、手紙つきで写真を同封し、送付した。

手紙には、

（先般、新大久保のパチンコ店で、殴る蹴るの暴行を加えた犯人逮捕の一助になればいいと思い、送付します。また、キャッチバーやぼったくりバーの撲滅を願っています。）と書き、匿名で投書した。

亜樹には、悪いが、いや、あの子には早く、ああいう世界から抜け出して、普通の職場で働いてほしい。そのためには、あの店をつぶすのが一番だ、とも考えた。

上海へ

一夫は、亡き、飛翔のママ翔子が住み、そのあと、亡き、王麗が住んでいた赤坂のマンションを三千万円で売りに出していた。

前々居住者と前居住者が、続けて殺害されたという噂が立ち、いわくつきの部屋だということで、なかなか買い手が見つからないし、見つかっても、条件が整わず、交渉がまとまらなかった。

そのマンションが、やっと買い手と折り合いが付き、二千五百万円で成約した。

一夫は、マンションが売れたら、その金額を王麗の両親に渡すと、約束していた。

あの時点では、翔子が育てた浩賢も亡くなっていたので、遺産相続をする者は、誰もいない、と短絡的に考えてしまい、王麗が急死したことに加え、両親の深い悲しみの姿を見て、慰めの言葉として、浮かんだままを言ってしまった。

今、弁護士として、冷静に法律に照らして考えてみると、民法第九五一条で、［相続人があることが明らかでない場合は、相続財産は、これを法人とする。］と規定し、次条で、［相続財産の管理人を選任。］するようになっている。

これに基づいて判断すると、王麗に、マンションの販売価格のすべてを与えることは、問題である。

赤坂のマンションは、もとをただせば、翔子が購入し、所有していたものである。

翔子が逮捕されたため、釈放されるまでの間、王麗に管理を委任したのである。

ところが、翔子が、亡くなったため、王麗がそのまま管理をしながら住んでいた。

また、翔子が逮捕されたあと、銀座に新しくオープンしたお店「クラブ麗」も、王麗に委任して、経営をさせていたが、翔子が亡くなったため、王麗が経営を続けてきた。

その後、王麗も亡くなったので、一夫が、権利を取得した。

その時のお金五百万円も加えると三千万円になる。


一夫は、亜樹から、浩賢の妻である左高佐知代とその子供の賢一郎が、新大久保辺りに住んでいることを知らされた。

二人の存在を知った以上、これらの財産の販売代金は浩賢の妻子に渡さなければならない。

一夫は、そのお金の配分をどうしたものか？　と思案し、王麗の両親に、一千万円をあげ、残りの二千万円を、左高佐知代と賢一郎にあげることにしよう、と結論づけた。

王麗には、全く遺産相続権はないが、マンションの管理を任され、管理費、修繕積立金を支払い、使用した光熱費なども支払って、部屋を保全してきた。また、クラブ麗の方も、同じように経営を続けながら、必要経費を支払ってきた。その功労に対して、特別縁故者並みの、一千万円ほどあげてもいいと判断した。

先ず、王麗の両親に会って、一千万円を渡し、上海から帰ってきて、多分、新大久保に住んでいると思われる左高親子に、二千万円をあげることにしようと考えた。

上海に行くにあたって、真智子姉さんを誘って行くことにしようと、早速、一夫は、電話して、相談した。

「一夫が判断する通り、王麗の両親に一千万円を渡すことに、大賛成よ」と、真智子が言った。そのあと、

「一夫、上海まで一緒に行きたいけど、私ね、妊娠していて、いま、大きなお腹抱えているのよ。だから、上海には一緒に行けないわ」

「えっ、やっぱり、そうなの。結婚式の時に、座っていることが多かったからね……。おめでとうございます。じゃあ、身体を労わって、流産しないように気を付けてね」

「ありがとう。もう、ここまで順調にきているから、流産はしないわよ」

「だって、階段から落ちたり、玄関で転んだりしたら、危ないから、あまり動かないで、安静にしていてくださいね。下澤さんは、優しく労わってくれますか？」

「ええ、明が、いろいろやってくれるから、大丈夫よ。上海には、彼女、美絵子さんと一緒に行けばいいじゃないの」

「そうそう、美絵子も妊娠していて、今は、過激な運動や重たい荷物など持つと、流産が心配な

ので、連れて行けないんだ」

「そうなの。それはおめでとう。良かったわね。お互いに新しい家族ができるのね」

「ありがとう。そういうことで、しょうがないから、一人で行ってくるよ。帰ってきて、左高親子に、二千万円を渡そうと思っている」

「そうだね。でも、左高親子の現住所は分かるの？」

「新宿を探索していて、いろいろ情報を得て、左高親子の住んでいる所は掴んだ。それと、亮子さんも、ひょっとすると知っているかもしれないので、今度聞いてみようと思っている」

「そうなの。上海の王麗の両親も喜ぶし、左高親子も喜ぶと思うわ。身重じゃなかったら両方に一緒に行って、お会いしたいけど、残念ながら、いけないので、よろしく言ってね」

「分かった。では、上海から帰ってきたら、報告がてら、マンションを訪ねます」


一夫は、一人で上海へ向かった。

事前に連絡をしていたので、上海浦東《ぷーどん》国際空港に、王麗の父親が迎えに来てくれていた。

一夫は、父親とタクシーで王麗の実家に向かった。

家は、都心部から離れた路地裏に建つ、古い四階建ての鉄筋コンクリート造りのアパートであった。

窓から、竹の棒で洗濯物を干している部屋があり、殺風景なアパートであった。

王麗の部屋は、一階で、日差しがあまり入らず、昼でも薄暗く、寒々としていた。

一夫は、部屋に案内されて、両親と対面し、改めて、挨拶をした。

そのうえで、王麗の遺影にお参りした。

お参りが終わり、一夫が、流暢な中国語で、

「電話でお話しした通り、やっとマンションが売れましたので、そのお金を持ってきました。これがその一部の五十万円です。日本から百万円以上を持ち出すときは、手続きが大変ですので、残りの九百五十万円は、日本に戻って、上海の銀行に振り込む予定ですので、振込先の銀行と口座番号などを教えてください」

両親は、都合一千万円ももらえると聞き、吃驚した顔をして、

「それは、それは、ありがとうございます。何から何までお世話になります。あの子もあの世で、喜ぶと思います」と、両親は、涙を流して、お礼を言った。

一夫は、両親が、中華料理店を予約しているので、一緒に食事に行きましょうというので、お店に行った。

王麗の母親が、頭を下げて、

「娘が、大変お世話になった上に、お金を沢山もらって、恐縮です」と、改めて、お礼を言った。

「いいえ、私が守ってやれなくて、申し訳ありませんでした。大事な一人娘さんを亡くされて、辛かったことと思います」

「あの子は、私たちに優しくしてくれましたので、そばにいつまでも居てほしかったのです。しかし、家が貧乏で、生活が苦しかったので、あの子が日本に行ってお金を稼ぎ、仕送りしてくれ

たから、大いに助かりました」と生前の娘のことを思い出したのか、涙が溢れた。

一夫は両親の、愛しい子供を亡くした悔いの言葉を聞き、改めて涙を浮かべ慰めの言葉を言ったあと、ハンカチで目頭をぬぐい、話題を変えるように、父親に、銀行の口座番号などを聞いた。


上海で一泊し、日本に戻った。


次の日、姉・真智子に電話し、マンションを訪ねた。

夫の下澤明が、玄関で迎えてくれた。

真智子は、大きなお腹を抱え、しんどい顔をしていた。

真智子と下澤に、上海での両親との話などをし、今度は、新大久保界隈に住んでいると思われる左高親子を探して、上海で、二千万円を渡すことを話して、一夫は、中野のマンションに戻った。

マンションでは、これまた、新しく芽生えた命をお腹に抱えた美絵子が待っていた。

新しい生命

真智子は、中野のマンションは一夫に任せて、六本木に新居をもうけて、下澤明と水入らずで、熱々の新婚生活を続けていた。

下澤の仕事の関係ですれ違いになることもしばしばあった。事件が起こると徹夜になり、庁舎に泊まり込むこともあった。しかし、仕事休みの時などはラブラブの生活であった。真智子は、思い出したくない財前浩三との厭わしい夜の営みを封じ込むように、若い明の躰に魅了されていた。

明に無心で身を任せ、心から幸せを感じ取っていた。二人の間では全く喧嘩・口論も無く、朝食を一緒に摂り、明が仕事に出掛けるときは、真智子が玄関まで送り、ライトキスを交わし出勤した。

そんな幸せな生活をして、十ヵ月ほど経って、男の子供を授かった。名前は、夫の明と真智子の智を用いて智明《ともあき》と命名した。夫婦交代で風呂に入れる約束をしたが、下澤の仕事の関係で何回かできない日があり、下澤は残念で仕方なかった。

智明が生まれたので、明が静岡の両親を呼んだ。

病院から自宅のマンションに帰って来て、両親に孫を抱かせた。両親は悦び二人にお祝いの言葉を告げ、真智子さんは産後だから、身体の回復に努めなさい、と言って、二週間ほどマンションにいて、炊事、洗濯などをやり、暇を見つけては子供の育て方などをくどくどと真智子に教え込んだ。

両親が静岡に帰って行って、また、二人での生活となった。

子供が生まれて三週間ほどして、下澤が、警部への昇進試験に合格し、警部に昇進した。

下澤と真智子は、目出度いことが重なった、と言って、一夫夫婦と針川智也夫婦を招いて祝賀パーティを行った。

結婚式以来の夫婦御対面であった。

お互いに、挨拶を交わし合い、新婚旅行に行った先のお土産などを交わし合った。


一夫が、下澤に、これは智也と私からのお祝いの品です、と万年筆とシャープペンシルのセットを渡しながら、

「警部昇進おめでとうございます。更に今後も出世されまして、捜査一課長になってください」

と、声をかけた。奥方たちも、声を揃えて、

「おめでとうございます」と、頭を下げながら祝いの言葉を述べた。

「いやー、難しいですよ。でも、管理官にはなりたいですね。頑張ります」

真智子は、そんな下澤を見て、微笑み、

「あなた、頑張ってね。あなたなら課長になれるわよ」と、言いながら、料理を作っている。

下澤は、ビールの入ったコップを上にあげたあと、一気に飲み干し、

「頑張りま～す～」と、言って、立って行き、寝ている智明を抱っこし、お父さん、頑張るからね、

と智明に優しく、囁いた。

みんなが手を叩いて、頑張れよ！　頑張ってください、と声をかけた。

全く幸せな情景であった。

しかし、祝っているみんな、悪魔の手が伸び、椿事《ちんじ》が起こることなど、全く予想もしていなかった。

椿事《ちんじ》

銀座のデュエット・バー麗は、今宵も十四、五人のお客が入って盛況を極めていた。

この日のお客は、常連さんばかりであった。

閉店まであと三十分ほどになったころ、鈴木竹太郎と佐藤進二がお店に入ってきた。


カラオケも終了し、店の閉店時刻になった。

客も全員帰り、店には絵里ママが一人で帳簿をつけている。

絵里が、帳簿の整理を終えて、店を出た。

時計の針は、二十三時半を少々まわっていた。

絵里が、駅の方に歩いていたら、どこかで待ち伏せしていたのか、横合いから、「ママ」と声を掛けられた。

鈴木竹太郎と佐藤進二であった。

二人は、絵里の両隣に並んで歩きながら、

「これから食事に行こう、いい店を知っているから案内するよ」と誘った。

「母が、家で、一人で待っているから帰ります」と断ると、一人の男が、絵里の口をハンカチのようなもので塞いだ。

「ああ！　な……」と、叫び声を出しかけたが、かき消された。

二人の男は、矢庭に、絵里の両側から身体を抱え、二人の跡からつけていたとみられるステーションワゴン車の開いた扉から、絵里を車中に押し込み、すぐに扉を閉じた。

あっという間の出来事であった。

通りには、人がまばらで、この様子を目撃した者はほとんどいなかった。

絵里は、車の中で、

「何するのよ！　車から、おろして……」と叫び、抵抗したが、三人の男たちに、押さえ込まれ、強引に、眠り薬か麻酔のような注射を打たれてしまった。

絵里は、抵抗をし続けたが、何分もしない間に、記憶がなくなった。

誘拐した犯人たちは、絵里のハンドバッグの中身をすべて出し、財布を開いて、健康保険証を取り出し、住所を調べ、運転している男に、川崎方面へ行くよう指示した。

犯人は、絵里の自宅近くで絵里の携帯で、家に電話をして、母親を呼び出した。

絵里の母が、電話に出た。すると、犯人が、

「もしもし、沢谷絵里さんのお母さんですか?」

「はい、そうですが……」

「実は、お宅の娘さんが怪我して、いま車で搬送しています。お母さん、玄関から出て、道路で待っていてください」

「ええっ！　絵里が怪我をしたって、大丈夫なのですか?……」

「お母さん、絵里さんは、いま気を失っているので、喋れないけど、心配いりませんからね。家の前で待っていてくださいね」

「分かりました。よろしくお願いします」


犯人たちは、絵里の家の前に立っている母親を確認し、二人の男が車から降りて、母親を強引に車に引きずり込んだ。

母親は、難なく車に乗せられた。

車の中に、目隠しをされ、口に何かを銜《くわ》えさせられ、手を縛られた絵里を見て、母親は、

「絵里！　大丈夫、どうしたの、怪我したと言うけど、大丈夫なの?」と、身体を揺すって声をかけた。

しかし、麻酔のような注射を打たれているので、絵里は、何も答えなかった。

犯人たちは、そんな母親に、絵里と同じように、注射を打ち、口に物を銜えさせ、目隠しをして、

両手を後ろで縛りあげた。

そのあと、犯人たちは、「大成功！」と言って、不敵な笑い顔で、車を走らせた。

脅迫電話

午前十時頃、真智子が智明を抱いてあやしていたら、携帯電話が鳴った。

表示を見ると沢谷絵里である。

真智子が、あら、絵里からだわ、と思って智明をベッドに置いて、電話に出ると、男の声で、

「お前の友人の沢谷絵里とその母親を誘拐し、監禁している。助けたければ、三千万円用意しろ！」と、いきなり脅し文句を言った。

真智子は、吃驚するとともに、一瞬、悪戯《いたずら》電話かと思った。

落ち着いて、と心に言い聞かせ、

「あなたはどちら様ですか？　なぜ、絵里たちを監禁しているのですか？　嘘でしょう。絵里たちの声を聞かせてください」

「よく聴け！」

ここで絵里の声が、

「真智子、ごめんなさい、迷惑かけて……」

真智子が、声を掛けようとしたら、犯人の声に換わり、

「本当だと分かっただろう！　さっき言ったように、三千万円持って来い。明後日までに用意しろ！」

「三千万円なんて、そんな大金《たいきん》、無理です。まして、明後日までなんて絶対用意できません！」

「よし、分かった。じゃあ、二千万円だ！　必ず、用意しろ！　また電話する。このことを警察なんかに喋《しゃべ》ったら、二人の命はないと思え！　いいな、分かったな！」と言って、電話は切れた。

真智子は、慌てて、

「ああっ、もしもし、まって……」と言ったが、通じなかった。

真智子は身体が震えて仕方なかった。浩賢からかかってきた脅迫の電話がまざまざとよみがえった。

（どうしよう、どうしよう、どうしたらいいか……。）と心が騒ぎ、揺れた。

（主人に言うと警視庁の上層部に相談するだろう。一夫に言っても、また、智也君に相談し、結局、警視庁本庁に知れ渡ることになり、絵里とお母さんの命が危険にさらされる。ほんとにどうしたらいいのかしら？　あぁ～　あの電話が夢であってほしい……。）と、真智子は頭を抱えてしまった。

また、

（今回は、二千万円を用意しろ！　と言ってきている。次の電話は明日か明後日か？　今度はどういう受け渡し方法を指示してくるのか？　絵里とお母さんは、どこに監禁されているのだろう。お金と引き換えと言っていたから、まだ殺されてはいない。絶対助けださねばならないが、誰にも言わずに私の力だけで助けることはできるだろうか。犯人の言う通りに従ったら無事に助けられそうだが？　犯人に二千万円を持ち逃げされると、味を占めてまた脅迫してくる可能性があるので、この前のときのように警察に連絡して、逮捕してもらうか？　だけど今回は人質が二人もいるから、難しいのではないか？）と、いろいろな思考が、目まぐるしく頭の中を駆け巡る。

更に、真智子は、考え、

（犯人は、明後日までに、二千万円用意しろと言っている。時間がない。そんな大金、そう簡単に用意できるわけがない。銀行でも郵貯でも、何百万円も下ろすと、何に使うのか？　とか、振り込み詐欺ではないですね？　などと、しつこく聞かれる。でも、二人を助けるためには、お金を準備するしかない。取り敢えず、お金の準備だけして、次の連絡を待つことにするか。そうだ、一夫が、左高親子に渡す予定の二千万円を持っているから、そのうちの一千万円を借りよう。あとは私が準備しよう。）と、一応、結論を導《みちび》き出した。

真智子は、先ず、一夫に電話をして、至急相談したいことがあるので、マンションに来てくれるように伝えた。

一夫は、早速、マンションに駆け付け、真智子の話を聞き、吃驚し、

「やっぱり、浩賢の息子の賢一郎たちだな！　お金のことは分かった。一千万円でいいの」

「ええ、あとの一千万円は、銀行と郵便局で用意できるから、一千万円でいいわ。必ず、あとで返すからね」

「お金のことより、絵里とお母さんが人質に取られているとしたら、犯人は一人じゃないな。脅迫者があいつらだと、新大久保界隈に監禁している可能性があるので、新宿署の副署長の智也に連絡しよう。智也は、以前の浩賢たちの脅迫事件も知っているので、一緒に、月丘管理官のところに行ってくるよ」

「犯人は、誰もしゃべるなと言っていたけど……大丈夫かしら」

「大丈夫だよ、心配しないで。とにかく、犯人から電話があったら、すぐ教えてくれ。また、下澤さんに、すぐ連絡して、知らせるんだ。気をしっかり持って、分かったね。前回の浩賢の時は、前の日に金の受け渡し場所を指定してきたけど、今回はまだ場所を言っていない。それに今回は人質が二人もいるので、更に慎重に事に当たらなければならない。相手も前回のことを知っていて、二の舞を演じないよう、慎重になっているかもしれないな。それで事前に、警察などに動かれないように、場所の指定は、当日にする可能性がある。犯人から電話があったら、先ず、人質の安全を確認し、危害を加えないよう注意を与え、そのうえで、うまく時間を稼いでくれ。その間に刑事たちの手配ができるようにするから」

「分かったわ。また、いろいろ迷惑をかけてすまないね」

「そんなこと心配しなくていいよ。お金は明日持ってくるからね。じゃあ、智也と本庁に行ってくるからね」

一夫は、外に出て、内心で、〈亜樹が話していた、怖い企みとは、このことであったか。亜樹から聞いた左高佐知代たちが住んでいるファースト・コスモス・マンションの周辺に監禁している可能性が高い。）と思いながら、智也に連絡を入れた。

真智子は、直ぐに、職場にいる下澤に、大至急相談したいことがあるので、家に帰ってきて、と電話をした。


下澤が、マンションに帰ってきた。

真智子は、智明を抱っこして心配顔で、下澤に説明した。

下澤は、真智子の話を聞き、最初は、吃驚したが、そのあと、真智子に、落ち着いてよく相談してくれた、と言って、直ちに、月丘管理官に電話をした。

また、真智子に抱かれた智明の寝顔を見て、誰かに面倒を見てもらう必要があると言って、静岡の母に電話し、

「母さんだけにお願い。至急、六本木のマンションに来て欲しい。理由は、こちらに来てから話すから……」と言って、お願いした。

そのうえで、下澤は、真智子に、

「犯人から電話があったら、落ち着いて聞いて、直ぐ、連絡をくれ」と言って、警視庁本庁に出掛けて行った。

警視庁本庁では、下澤が、事前に電話していたので月丘管理官が待っていた。

下澤と同時ぐらいに、一夫と新宿署の針川智也副署長が到着した。

下澤が、月丘管理官に事情を説明した。


次の日、犯人から、絵里の携帯電話で真智子に電話があり、金の用意と誰にも喋っていないかを、確認してきた。

真智子は、

（やっぱり、これは夢ではなく、絵里やお母さんが人質になっているのは、現実なのだ！）

と、強く感じ、犯人に、お金の用意と誰にも喋っていないことを伝えた。

犯人は、

「明日、受け渡し場所と時刻を知らせる！」と言って、電話を切った。

真智子は、このことを下澤明と一夫に知らせた。

下澤の母親は、智明を抱いて、心配顔で真智子を見ていたが、何も言わなかった。


本庁では、月丘管理官が、山形捜査一課長に、身代金目的誘拐の件を報告し、刑事たちを召集することの、了承を取り付け、早速、前回、浩賢を逮捕した九人の刑事（詳しくは前篇を参照。）に連絡を入れた。

命令を受けた刑事は、警部の下澤明、警部補の森下謙二郎、巡査部長の亀岡剛、薮川健太、高山俊、婦警は、川波由紀子、渡辺頼子、佐藤勝枝、仲川美代の巡査部長であった。

組み合わせも前回と同じカップルで、行動することになった。

山形捜査一課長が、

「そうか、今回は、人質が二人もいて、どこで人質とお金を交換するか、場所も時間も分かっていないのか。前回より相当悪質だな。前回は、地下街での取引であったが、今回も地下街とは限らない。多分、地下街での人質交換は難しいから、どこかの倉庫など、地上で行う可能性が高い、と考えられるので、航空隊に頼んで、ヘリコプターでの捜査と監視をお願いした方がいいな。あらかじめ、部長から航空隊の部長に事情を説明して頼んでもらおう」

「確かに、おっしゃる通りです。地上での取引でしたら、上空と地上で、情報を交信して、的確に、また、効率的に捜査ができますね。よろしくお願いいたします」

月丘管理官は、山形捜査一課長の部屋を出て、すぐ、九人の刑事を召集し、注意事項を説明した。

針川副署長と一夫も同席した。

「今回は前回と違う点が大きく二つある。

一つは、今回は、身代金目的誘拐で人質が二人いること。

二つ目は、前回は金の引き渡し場所などを前日知らせてきた。しかし、今回は、金と人質をどこで何時に交換するか分かっていない。

明日、犯人側から、真智子さんに電話で指定してくることになっていて、我々の態勢づくりに時間がない。

したがって、全員、真智子さんの住んでいるマンションの近くに、宿を確保するから、今日からそこに泊まり込むこと。

服装は、刑事と見られないよう普段着などを着用すること。

下澤と川波は、今晩は真智子さんのマンションに泊まり込み、真智子さんに電話があったら、直ぐ、連絡を入れること。

真智子さんには、明日はタクシーで金を運んでもらう。それで、タクシー会社に事前に協力を仰いで、GPS（全地球測位システム）を取り付けてもらう。

もし、地上での取引となった場合には、航空隊のヘリと情報を交換し合うことになっている。

犯人側は、まさか航空隊のヘリから監視されているとは思わないだろう。

犯人は、逃げ道が多く、一般人が多いところをわざと選んでくる可能性が高い。ところが、こっちにも犯人の裏をかくことができる。それは、広いと、逆に一般人を避難させやすい。また、空からも監視しているから、犯人がもし車で逃げても、逃さない。更に、相手は、我々が、準備万端整えて待機していることを知らない。

犯人が拳銃や刃物を持っていると思うので、全員防弾チョッキを着用し、拳銃を携行すること。

犯人が、どこにいるか、また人質が一緒に来ているか不明である。したがって、真智子さんの位置確認を必ず怠らないこと。みんなは、常に、トランシーバーで位置を確認し合うこと。

今回も少数精鋭で対応するので、みんな、万事抜かりなく、ビビッドに行動すること」

次の日の朝九時に真智子の携帯に電話がかかってきた。発信は、今回も絵里の携帯電話である。

「もしもし、真智子ですが」

「真智子か、金の用意はいいな。誰にもしゃべっていないな」

「はい、お金は百万円の束を二十束、ボストンバッグに入れて持って行きます。絵里たちを、必ず、無傷で連れてきてくださいね」

「分かっている。連れて行くよ。じゃあ、お金を十一時に新宿中央公園に持って来い。また連絡する」と言って電話は切られた。

真智子は、直ぐ固定電話で一夫に電話した。その電話の途中で、真智子の携帯がなった。

真智子は、素早く、一夫との電話を切り、携帯電話に出た。

「もしもし、真智子か、いやー、誰かに電話していないか確かめたのだ。くどいようだが、誰にも言っていないよな、喋ったら人質がどうなるか分かっているよな！」

「分かっています。誰にも喋っていません。十一時でしたね。私は新宿中央公園には行ったことがないので、いま、公園にどうやって行こうか考えていたところです。タクシーを拾って行く予定ですが、公園のどの辺に行けばいいのですか？」

「六本木からタクシーだと三十分もかからないだろう。十分時間はある。公園の北側入り口に着いたら、今、電話している携帯に、電話しろ。その時、引き渡し場所を詳しく指示する。とにかく、早く、用意して、タクシーを拾い、金を持って来い」と、有無を言わせぬ命令口調で言って、電話を切った。

真智子の横で待機していた下澤刑事が、すぐ、月丘管理官に電話をして、犯人から、新宿中央公園で十一時に、人質とお金の受け渡しを行う、と指示が来たことを報告した。

月丘管理官は、先ず、下澤刑事と川波由紀子巡査部長に、カップルで、真智子さんを追尾して行き、公園の北側入り口辺りで待機すること、を指示した。

そのあと、月丘管理官は山形捜査一課長に、新宿中央公園で十一時に、人質とお金の交換を行うことになったことを報告した。

山形捜査一課長は、刑事部長にその報告を伝え、航空隊の出動をお願いした。

刑事部長は、直ちに航空隊の部長に、事情を説明し、ヘリコプターの出動の要請を行った。


月丘管理官は、残りの刑事たちに、パソコンで検索し、プリントした新宿中央公園の地図を見せながら、各人の配置を説明した。

「薮川刑事と仲川美代巡査部長は、直ちに公園の管理事務所に行って、管理人に事情を説明し、指示があったら、一般客に対し、犯人たちに気づかれないよう、公園に入ることを引き留めたり、誘導したりすること。また、事務所の人から、公園の周辺や公園内の施設など、詳しい説明を受けて、俺に報告すること。そのあとは事務所で待機すること。

亀岡刑事は、一人で浮浪者みたいな姿で、十時前から、公園のベンチで寝そべっていて、真智子さんが来たら、少し間隔を取って、跡をつけること。

森下刑事と渡辺頼子巡査部長は、カップルで下澤刑事たちと反対側の公園の入り口付近で待機すること。

高山刑事と佐藤勝枝巡査部長は、薮川からの報告を待ってから指示する」

真智子は、服装を整えたうえで、月丘管理官に電話し、新宿中央公園に向かう準備が終ったことを伝えた。

月丘管理官が、真智子に懇々《こんこん》と注意を与えた。

中央公園の管理事務所に行っていた薮川刑事から、月丘管理官に、電話があり、公園の周辺などの報告をしてきた。

それによると、

（公園内には駐車場はなく、公園の周辺にコインパーキングがたくさんある。

公園への入口は、十ヵ所ほどあり、そのうち、東京都庁と繋がった橋が二ヵ所と、ハイアット・リージェンシー東京と繋がっている橋が一つある。犯人は、この三ヵ所の橋からは、公園に入らないのではないか、と思われること。

十二社《じゅうにそう》通り側に、熊野神社への入り口があり、中で公園内と繋がっている。

公園の横の北通りの端の方に交番がある。

公園内は、防犯カメラは一つもない。

子供連れで来た人たちの多くは、隣にある西エリアと呼ばれる小公園に行くとのこと。

公園への一般客のほか、通勤者が、近道するため、公園を突っ切って行くとのこと。管理事務所には、従業員が七名いる。また、園内を巡視している外注の警備員が六人ほどいて、二人組で常時巡回している。）

などが、報告された。

月丘管理官は、薮川刑事に、こちらから連絡を入れるので、受け取ったら、事務所の人と警備の人たちで、公園入口をふさぎ、一般客が公園に入らないようにするよう、指示した。続いて、高山刑事と佐藤巡査部長に、十二社通り側の熊野神社への入り口辺りを、カップルで歩いていること。追って、また、連絡をすると指示した。

月丘管理官は、刑事部長に電話をし、新宿署長に電話をして、身代金目的誘拐事件の概要を説明し、新宿中央公園の横にある交番にいる警官は、規制解除の指示があるまで、一切動かないよう、要請してもらった。

十時

真智子は、下澤の母親に、

「智明のことをよろしくお願いします」と言って、智明の手を握って、玄関を出て、タクシーの方に歩いた。

すると、智明が、突然泣き出した。

真智子は、智明の手をつかむのが強すぎたのかな？　と思いながら、

「ごめんね、痛かったのかな？　泣かないでね……」と言って、慰めたあと、月丘管理官の指示に従って、待たせていたタクシーに乗り込んだ。

月丘管理官は、事前に、タクシー会社に頼み、車に全地球測位システム（ＧＰＳ）を設置していたことの確認をした。

真智子の身体には、防弾チョッキを着用させるとともに、スマートフォンに監視アプリをインストールさせて持たせた。

真智子が出発したあと、すぐ後ろから、下澤刑事と川波由紀子巡査部長が、パトカーではなく、別に用意した特別車で追った。

別の場所でそれぞれ待機していた月丘管理官ほかの刑事たちも特別車に乗り込んで、新宿中央公園に向かった。

月丘管理官だけは、パトカーで行くことにした。パトカーに乗ると、航空隊のヘリとの連絡を行った。

航空隊のヘリから、月丘管理官が乗っているパトカーの屋根に書いてあるナンバーと、犯人が人質を運んでいると思われる車の車種及び番号を、知らせてほしいと連絡が入った。

月丘管理官は、

「了解しました。自分が乗っているパトカーの番号は〇〇です。犯人たちが使用している車の番号などは、分かり次第お知らせします。どうぞよろしくお願いいたします」と応じた。

古巣

一夫は、絵里とお母さんが誘拐されて、どこかに監禁されていることを知り、犯人たちは左高賢一郎たちである可能性が非常に高いと判断した。

そのうえで、星川亮子に電話をして、一緒に新宿に行ってくれるよう頼んだ。

亮子は、

「確かに、一夫さんが推理するように、絵里とお母さんを誘拐したのが、左高賢一郎たちだったら、新大久保のファースト・コスモス・マンションの三〇三号室に監禁している可能性があるから、一緒に行きましょう。私が前に新宿で遊んでいたころ、浩賢の住んでいたそのマンションに多田と何回も訪ねたことがあるから、もし、まだ、引越しをしていなければ、分かります」

「確かめたいので、よろしくお願いします。新大久保の駅前で待ち合わせましょう」

「分かりました。タクシーでできるだけ早く行きます。六本木からだと、道が混んでいなかったら、二十分位だから、十時前には着くと思います」

「了解しました。お待ちしていますので、よろしくお願いします」

一夫は、次に、針川智也新宿警察署副署長に電話をし、事情を説明した。

智也は、すでに、署長から事情を聞いて知っていて、一夫に電話をしようと思っていたところだ、と言った。

一夫が、時計を見ると九時二十五分になるところだった。

新宿中央公園での取引が十一時だから、もし、新大久保のマンションに監禁していたら、公園までは二十分程度だから、十時半ごろマンションを出るのではないか、と予想していた。

「分かった。十時までには、新大久保の駅前に、私服刑事を連れて行くので待っていてくれ。それまで相手に気づかれないよう慎重に行動してくれ。本庁の月丘管理官のグループが公園で待機しているけど、こちらで人質を救出し、犯人を逮捕することができればそれに越したことはない」

「分かった。着いたら、携帯に電話くれ」

智也は、月丘管理官に電話して、新大久保で監禁しているようなので、家宅捜索をすることを伝えると共に、これまでに分かっている情報を聞いた。

智也は、署長に事情を説明し、新大久保のファースト・コスモス・マンションの三〇三号室の捜索令状を取ってくださいとお願いし、連れて行く刑事たちを選任した。


一夫と亮子が新大久保駅の改札口前で落ち合ったのが、午前九時五十分であった。

智也たちが、特別車で駅前に現れたのが、それから五分ほど過ぎた、九時五十五分ごろであった。

私服の刑事は、総勢六名で、針川智也副署長を筆頭に、中波多実刑事課長、山河宗太郎警部補、青田川守警部補、中田原洋二郎警部補、それに婦警の中塚美咲警部補であった。

一夫が、自己紹介をしたあと、

「ご苦労様です。智也は知っているよな、星川亮子さんは、この人がこれから左高賢一郎親子の住んでいる、ファースト・コスモス・マンションに案内します」

一夫の言葉のあとを智也が引き継いで、

「そこに沢谷絵里とお母さんが監禁されていると、百パーセント言えないが、もし、監禁されていたら、犯人との取引時間が、新宿中央公園で十一時だから、このあと、マンションの部屋から人質を連れ出すと思われる。それを目撃して逮捕できればいいが、どういうやり方で人質を運び出すか、不明なので、ケースバイケースで対応するしかない。みんな気を引き締めて任務にあたってくれ」

十時
智也が、時計を見て、

「そろそろ十時だぞ、十一時だったら、人質は、もう運び出しているのではないか?」

隣にいた中波多刑事課長が、

「確かに、副署長がいわれる通りですね。お滝橋通りは、朝方は渋滞しますからね。手遅れにならないよう、早く、マンションの前に行きましょう」

みんなは、亮子の後ろから付いていった。

一夫が、早口で、智也に、

「すでに、人質を運び出していたら、空振りで、徒労となるな。犯人も、浩賢たちの轍《てつ》を踏まないように、二人の人質を取って、慎重に構えたようだ」

「そうだな。犯人たちは奸知《かんち》に長《た》けているようだな」

マンションに着くまでの道すがら、亮子が、智也と中波多刑事課長たちに左高賢一郎たちが住んでいるマンションの説明をした。

「マンションの構造は、玄関にボタン式のインターホンがあって、来客者は、それで部屋の人と応答して、玄関を開けてもらい、また、部屋の前でも同じようにインターホンで誰々と言って、部屋の鍵を開けてもらうようになっています。正面玄関のほか、左右には、居住者が鍵で開けて入る扉があります。

また、裏側に、駐車場があって、専用の出入り口になっています。勿論、駐車場からマンション内へ入るときは、鍵が必要です。駐車場に出るときは、鍵はいりません。

ここは十階建てで、各階に四部屋があります。左高賢一郎は母親と一緒に住んでいまして、三階の三〇三号室です」

十時十分
智也たちが、目的のマンションに着いた。

智也が、同行の刑事たちに、

「では先ず、管理人と話をして、協力を仰ぎましょう。そのうえで、対応方法を考え、みんなに指示しますので、それまで、刑事と悟られないように振る舞ってください」

一夫が、

「そろそろ部屋から出てくるはずですよ。十時十分を過ぎたので、ここから新宿中央公園までは

車で、二十分もかからないと思うけど、早めに出るのではないかな」と言うと、
智也が、

「そうかな？　朝方は二十分じゃ行かないぞ。俺だったら、刑事たちが張り込んでいないか、確かめるので、もっと早めに行くけど……」と、反論した。

智也が、玄関に入り、管理人室の窓をたたき、管理人室に入って行く。続いて、中波多実刑事課長と一夫も一緒に入って行った。

智也が、警察手帳を管理人に見せ、

「私は、新宿警察署の副署長の針川です。実は、このマンションに誘拐され、人質になっている人がいると通報がありましたので、捜索に来ました。是非、管理人さんには、ご協力をお願いしたいと思います。十一時前になったら、三〇三号室の左高の部屋に踏み込みたいと思っていますので、よろしくお願いします。それから、左高の所有している車の車種とナンバーを教えてください」

管理人は、駐車場のリストを捲り、左高の車種は、黒色のステーションワゴンでナンバープレートは練馬・〇×〇であることを告げたうえで、一人合点するような口ぶりで、

「そうですかやっぱり。一昨夜から、隣の部屋の人から、三〇三号室で不審な音がしたと聞きましてね。それで、昨日、部屋の前に行ってみたのですが、何も音がしなかったので、警察には知らせなかったのですよ。人質監禁ですか……左高さんが、信じられませんけど、分かりました。何なりと言ってください。ご協力致しますので……」

智也は、直ちに、月丘管理官と連絡を取り、犯人たちが使用している車種とナンバープレートの番号などを伝えた。

更に、智也は、刑事たちのうち、中田原洋二郎、青田川守、山河宗太郎に、駐車場内を調べるように指示した。

十時二十分
マンションに着いて、十分が経過したころ、月丘管理官から、

「ヘリコプターから、中央公園横のコインパーキングに止めているステーションワゴンを確認したと、報告があった。しかし、誰も降りてこないので、このまま注視する」と、報告してきた。

十時三十分
それから十分が過ぎたが、三〇三号室からは、誰も出てこない。

マンション裏口側の駐車場を調べていた三人の刑事のうち、中田原洋二郎、山河宗太郎の二人が、智也のところに来て、駐車場には、五台の車の空きスペースがあり、外出しているようだ。誘拐したというステーションワゴンは見当たらない、と報告してきた。

智也は、新宿警察署長に電話をして、捜索令状が手に入ったか、訊いた。

すると、今、そちらに持って行かせたということであった。

署長は、智也の捜索令状請求には、

「確かな証拠がないのに、家宅捜索をするのは危険で、何もなかった場合は、俺の首が飛ぶ」と

言って、強硬に反対をした。

しかし、智也が、二人も人質が監禁されていて、一刻を争う事態だから、議論している暇はない、私が全責任を負うからと、説得したのであった。

すぐに、新宿警察署の刑事が、捜索令状を届けに来た。

智也は、頻繁に、月丘管理官と連絡を取り、新宿中央公園での進捗状況と新大久保のマンションの捜査状況などの情報交換をしていた。

十時三十五分
まだ、動きがない、と報告があった。

十時四十分
ヘリコプターから、犯人と思われる二人の男とマスクをした女性がワゴン車から降りてきたことを確認した。三人は、公園の中に入って行き、左側にあるトイレの中に入って行った、と報告が入った。

月丘管理官は、直ちに、待機中の刑事たちに知らせるとともに、一般客を公園内に入れないよう指示をした。更に、月丘管理官は、智也に連絡を入れた。

月丘管理官から連絡を受けた智也は、早速、刑事たちと一夫に伝えた。

それを聞いた一夫が、

「すると、もう一人の人質は、ステーションワゴンの中か、ひょっとすると、このマンションに監禁されているのかもしれないな」

「そうだな。この時間で、誰も出てこないのはおかしい。すでに、犯人は、人質を運び出したということだ。どちらにしろ、直ちに、踏み込むしかないな。裏口にいる青田川をこっちに呼んできて、全員そろったら踏み込むぞ」

十時四十五分
一夫が、

「もう十一時まで十五分しかない、人質がいなくても、不審な音がしたとかの通報もあるから、何か証拠になるものがあるはずだ。捜索令状もあることだし、中央公園の方との時間の関係もあるから……」

「そうだな。でもどうやって部屋の鍵を開けさせるかだな。無人なのか？　それとも左高佐知代がいるのか？　まだ、店に行く時間ではないから、多分、いるはずだ。管理人さんに、部屋に行って、ドアーを開けてもらって、その隙に踏み込むしかないな。そうしよう。管理人さん、左高の部屋に行って、ドアーを開けさせてください。ブザーを押して、管理人ですけどご相談があってきましたとか、何か訪ねた理由を言って、ドアーを開けさせてください。ドアーが開いたら、刑事たちが部屋に飛び込みますから、管理人さんには、危険はありません。いかがでしょうか？」

「ドアーの件は、分かりました。これまでにも何回かドアーを開けさせたことがありますので、大丈夫だと思います。田舎からちょうど送ってきたミカンがありますので、それをお持ちしたと言って、開けてもらいましょう」

刑事たちは、管理人の後ろから付いて行き、三階の左高佐知代の部屋の前に着いた。

十時四十八分
一人の刑事が、扉の右側に座って待機した。そのうえで、管理人に頷いて、目配せをして、ブザーを押させた。

中から、女の声が返ってきた。

「はい、どちら様ですか?」

「左高さん、管理人ですが、田舎からミカンを送ってきたので、少し、差し上げようとお持ちしました……」

部屋の中から、少しざわめく音がしたあと、

「そ、そ、それは、ありがとうございます。今、行きます」

少ししたら、ドアーが開けられた。

座っていた刑事が、ドアーを力いっぱい引っ張り、全開させて、中に飛び込んで行った。

続いて、別の刑事たちも部屋へ踏み込んで行った。

すると、左高佐知代が、

「しんちゃん! 逃げて、連絡して!」と叫んだ。

刑事たちが、俊敏な行動で、二LDKの各部屋を捜索する。

部屋にいた男が、携帯電話を持ってベランダに出て、逃げようとしたが、三階から飛び下りる勇気がなく、刑事に取り押さえられ、手錠を掛けられた。

部屋の入り口では、中波多実刑事課長が、左高佐知代を逮捕し、手錠を掛けた。

別の刑事が、部屋のふすまを開け、両手を縛られ、轡《くつわ》を嵌められ、目隠しされた、絵里の母親が、横臥しているのを発見し、縄をほどき、目隠しを取り、轡を取り出して、

「副署長！　人質を救出しました」と大声で叫んだ。

続いて、救出した、女を座らせて、両肩に手を当て、

「新宿警察署の刑事です。大丈夫ですか？　あなたは、沢谷絵里さんのお母さんですね」

「はい……沢谷百合絵と申します。あ、ありがとうございます。と、と、ところで、絵里はどうなりましたか？」と、喉を詰まらせ、娘の安否を訊ねた。

十時五十三分
針川智也副署長は、直ちに、月丘管理官に電話をして、絵里のお母さんの救出に成功したことを知らせた。


新大久保のマンションでは、刑事が、パトカーを二台呼んだ。

逮捕した男と左高佐知代をエレベーターに乗せ、一階の玄関に連れて行った。

部屋にいた男は、山河宗太郎刑事に手錠を掛けられ、左高佐知代は、中波多刑事課長が引っ張って行き、パトカーが来るのを玄関で、待つことになった。

時刻が十一時になるころ、一人の女が、マンションの玄関に近づいて、左高佐知代が手錠を

かけられているのを見て、すぐに引き返し、携帯でどこかに電話をしている。

この模様を見ていた一夫が、

（あの女は、京子だ！　まずい、左高賢一郎に連絡されるとまずいことになる。）

と咄嗟に感じ、佐知代を捕まえている中波多刑事課長に、

「刑事課長、あそこの玄関の先で電話している女を逮捕してください。この女たちとグルですから」と言うと、中波多刑事課長が、後ろにいた刑事に、佐知代を頼む、と言って、玄関を飛び出して行き、女を逮捕した。

その女は、楽・馬酔木にいた、京子に間違いなかった。

左高佐知代が、京子が逮捕される一部始終を見て、振り返って、一夫の顔をねめつけ、

「ああ、お前はこの前店に来た奴だ！　お前も刑事《デカ》だったのか、畜生……」と、歯噛みし、更に、横にいた亮子を見て、

「お前は、淳子だな！　多田さんのレコだった。そうだろう」と言った。

亮子は、

「いいえ、私は亮子と言います。淳子って、誰のこと、それに多田のレコって、失礼ね！　ゲスの勘繰りはやめてください」と、言い返した。

佐知代も負けずに、

「いいや、お前は、淳子に間違いない。整形でもしたんだろうが、私には、阿婆擦《あばず》れ女は分かるんだ」と、言い返した。

一夫が、

「この人は、間違いなく、淳子ではなく亮子さんです。私が保証します。亮子さん、負け犬の遠吠えで、相手になると頭に来るから、相手にしないで無視してください」

「分かりました」

まだ、佐知代は、

「多田が死んだから、今度は、刑事《デカ》を誑《たら》し込んだのか……」と、更に罵《ののし》った。

一夫は、亮子の手を取って、佐知代から見えない場所に連れて行った。

中波多刑事課長が、喚《わめ》いている佐知代を引っ張っていき、到着したパトカーに乗せた。

三階では、刑事が、絵里の母親に、

「絵里さんは、今、新宿中央公園です。間もなく、救出、解放されるはずですので、ご安心ください。一人で立てますか？ 大丈夫ですか」と声をかけながら、肩を貸して立たせた。

駆け引き

一方、新宿中央公園での進捗状況は、真智子が、十時にタクシーで、公園に向かった。
十時二十分
月丘管理官から、ヘリコプターが、公園の横のコインパーキングに止めているステーションワゴンを確認したと、報告があった以外は、何も進展はなかった。

十時三十分
マンションを出て三十分ほど経過したとき、真智子の携帯に、犯人から電話が入った。

「もしもし、真智子か？　お金は大丈夫だな？　それから、誰にもしゃべっていないな？」

「もしもし、真智子です。お金は間違いなく持って行きます。私一人です。まず、絵里たちの声を聞かせてください」

相手の男は、

「大丈夫だ、二人とも元気だ。待っていろ！」と言って、絵里の声を聞かせた。

「もしもし、絵里！　大丈夫！　お母さんも元気ね。何も危害加えられていないよね」

「ええ、大丈夫です。ごめんね、実は……」ここで、犯人が電話を代わり、

「今、どこだ！」

「交通事故があって、渋滞に巻き込まれましたが、もうすぐ、青梅街道に入ります。運転手さんの話だと、あと十分ほどで公園の北側入り口に着くそうです」

「分かった。公園の北側入り口で降りて、電話しろ！」

「分かりました」

十時四十六分
真智子が、新宿中央公園の北側入り口に着いた。

タクシーを降りて、直ぐ、月丘管理官に公園に着いたことと、これから、犯人に電話することを知らせた。

月丘管理官から、

「了解。我々がついていますから、安心して、落ち着いて行動してください。犯人は二人組です。それから人質は一人しか確認できていません」と返事が来た。

十時四十八分
真智子は、管理官に了解しました、と答え、犯人に言われた通り、携帯に電話をした。

犯人が電話に出て、

「今、どこだ！」と性急な声で言う。

「真智子です、今、公園の北側入り口に着きました」

「分かった。そこから公園内に入って、右側にトイレがある。その前を真っ直ぐ歩いて来ると、突き当りで左右に道が分かれている。そこを右へ曲がり、直ぐ、左へ曲がり、百メートルぐらい先の右側にトイレがある。俺がそこの前に立っているから、すぐ分かるはずだ」

「分かりました」

十時五十分
真智子は、犯人から指図された通り歩いて行った。

この模様は待機している刑事たちは、トランシーバーで聞いているし、GPSで位置を確認しているので、真智子の移動に合わせて刑事たちは、それぞれ動いていく。

十時五十三分
月丘管理官は針川智也副署長から、新大久保で絵里の母親を救出した、と連絡を受け、直ちに、真智子や刑事たちに知らせた。そのうえで、みんな知らないふりでそのまま行動を続け、犯人たちに悟られないように、と指示した。

月丘管理官は、真智子に、

「聞こえますか、今、公園のどの辺ですか？」

「今、右側にあるトイレの前を過ぎるところです」

「分かりました。今、言いましたが、絵里のお母さんは救出済みです。落ち着いて、ゆっくり行動してください」

「分かりました」

十時五十四分

ヘリから、次々に、

「犯人と見られる男が一人、今度はフェイスマスクをしてトイレから出てきた。もう一人の男と人質と見られる女は、まだ、確認できない」

十時五十五分

「北口方面から、連絡のあった服装姿の真智子と見られる女が、ボストンバッグを担いで、トイレの方にゆっくり歩いて来るのが確認できた。犯人のフェイスマスク男が、女の方に手を振っている」

十時五十六分

「フェイスマスクをした男がトイレの方を向いて声をかけた。すると、トイレからもう一人、今度は、目出し帽を被った男が、沢谷絵里と見られるマスクをした女と出てきた」
十時五十七分
「真智子が犯人たちの十メートルほど前で止まった」
と、リアルに報告が入った。

月丘管理官は、すぐにその情報を公園内にいる刑事たちに伝え、事前に指示した通り、速やかに動くように伝令した。

刑事たちは、了解と答え、行動を続けた。

下澤刑事と川波由紀子巡査部長は、カップルで、腕を組んで談笑しながら、真智子の後方三十メートルほど後ろから追尾している。下澤刑事はハーフコート姿で川波婦警は、花柄の帽子をかぶり、派手な色のコートを着ていて、全く刑事とは思えないいでたちであった。


真智子が止まると、主犯と思われるフェイスマスクの男が、真智子に、お金を持ってきたか、聞いた。

真智子は、ボストンバッグを地面に置き、ファスナーをゆっくり開き、中から百万円の束を一つ掴み出し、目出し帽の男の足元に投げた。

男が、それを拾った。

真智子が、フェイスマスクをした主犯とみられる男に対し、

「絵里しか見えないけど、お母さんはどこにいるのですか?」

「お前とちゃんと取引が終わったら、監禁先に電話して解放するから安心しろ」

人質の絵里は、白いマスクをし、手を縛られていた。

「ええっ! お母さんは一緒じゃないの。では先ず、絵里の手の紐をほどき、マスクを取ってやってください。そして私の横まで来させてください。こちらに着いたら残りのお金をそちらへ放り投げます!」と大声で言った。

目出し帽の男が、絵里の手の紐を、持っているサバイバルナイフで切り、マスクを外し、口に銜えさせていた物を取り出し、背中を押して、真智子の方に歩かせた。

絵里が真智子の傍に着く前に、

「さあ、残りのお金を渡せ!」とフェイスマスクの男が叫んだ。

真智子は、青ざめた顔の絵里が、一メートルほどに近づくと、

「さあー、走って、私の後ろの方に逃げて!」と叫んだ。

絵里は、一目散に走って逃げた。

真智子を追尾していた川波巡査部長が、走って来る絵里に合図を送って、一緒に逃げた。

それを見た、犯人が、「ああ! お前!」と言った。

透かさず真智子が、

「お金を投げるわよ。受け取ったら、お母さんも解放してください」と言って、二人の犯人の右側の茂みの方に、力いっぱい投げた。

目出し帽の男が、それを見てバッグの方に走った。

月丘管理官は、絵里が解放されたことを知ると、刑事たち全員に、突撃せよと号令をかけた。

ほぼ同時刻に、主犯の男の携帯がなり、

「なに！　警察の手入れを受けた！」と、言ったかと思うと、拳銃を取り出し、

「裏切ったな、この野郎！」と言って、拳銃で、走って逃げだした真智子を目がけて二発続けて撃った。その一発が、真智子の首の横辺りに命中した。

真智子が、

「ギャアー」と発して倒れこんだ。

この時には、真智子をガードするため、追尾していた下澤刑事や反対側にいた藪川刑事たちが犯人たちを囲んでいた。

「やめろ！　お前たちは警察官に完全に包囲されている！」

と、下澤刑事が大きな声を発した。

これに対し、犯人が下澤刑事を目がけて、拳銃を発射した。

下澤刑事は身を挺して避けたので、弾丸は逸れた。

下澤刑事は、腹這いの姿勢で、身を護りながら、犯人に対し拳銃を発射した。また、下澤刑事の反対側にいた藪川刑事も、間髪《かんはつ》入れず、拳銃を発射した。

拳銃を構えている主犯の男に、二人の刑事が撃った弾が命中し、犯人が吹っ飛んだ。

刑事たちが犯人たちを取り囲んだ。

下澤刑事は、森下刑事や渡辺頼子巡査部長に救急車を呼べと命じ、真智子の傍に行き、抱え込み、血が出ている所をハンカチで押さえ、

「真智子！　大丈夫か！　今すぐ救急車で病院へ運ぶから頑張ってくれ！　ま・ち・こ！　死なないでくれ！　俺を残していかないでくれ！　目を開けてくれ！」と、大粒の涙を流しながら、大声で何度も叫んだ。

真智子は、防弾チョッキを着用していたが、首の横に弾丸が当たったため、防弾チョッキとの境目であったので、効果がなかった。

真智子は、下澤が押さえている手の上に手をあてがい、途切れ、途切れに、

「あ・き・ら……だい・じょう・ぶよ……」

「分かった、もうしゃべるな」

下澤刑事が、ハンカチで傷口を押さえてはいるが、出血がひどく、ハンカチは直ぐに真っ赤に染まった。

救急車が到着し、真智子を搬送することになった。

月丘管理官は、救急隊員に事情を説明し、下澤刑事も一緒に連れて行ってくれるように頼んだ。

そのあとすぐ、針川智也副署長の携帯に電話をして、沢谷絵里は、無事、救出されたが、銃撃戦になって、真智子さんが犯人に撃たれて、怪我をし、救急車で新宿第一病院に運ばれた、と報告した。

智也は、吃驚し、一夫に、

「真智子さんが、拳銃で撃たれて新宿第一病院に運ばれたそうだ」

「なんだって、本当か！　新宿第一病院って、新宿署の先にあるやつか？　じゃあ、俺は病院に行ってくる」

「分かった。パトカーで行け、用意させるから……」

亮子が、一夫さん、私も一緒に連れて行ってください、と言ったが、容態が分からないので、あとで連絡しますと言って、一人で病院に向かった。


新宿中央公園でフェイスマスクの男といた、目出し帽の男は、バッグを担ぎ、ワゴン車の方へ逃げようとしたが、亀岡刑事たちが取り囲み、拳銃を突きつけたら、観念し、持っていたサバイバルナイフを手から離し、うなだれて逮捕された。

拳銃で撃たれたフェイスマスクの男は、両肩辺りを撃たれて、苦痛で喘いでいる。

救急車が来て、その男を中野にある東京警察病院へ搬送して行った。

病院に運ばれた犯人は、直ちに手術を受けた。重傷ではあるが、生命には別条ないと診断された。

事情聴取

新宿警察署では、人質となっていた、絵里から誘拐されたときの状況などを聞いた。

「銀座でお店を終わって、駅に向かっていましたら、店のお客で、鈴木竹太郎と佐藤進二が、食事に行こう、と声をかけてきました。

私が、家で母が一人で待っているから、と断ったら、いきなり、濡れたタオルのようなもので、口を塞がれ、車の中に押し込まれました。そのあと、注射を打たれて、記憶がなくなりました。

犯人たちは、多分、ハンドバッグに入っていた保険証で住所を確認し、私の携帯で母に嘘の電話をして、誘い出し、家の前に出てきた母を誘拐したようです。

そのあと、私が気付いたときは、どこかの部屋の中でした。

最初、車での犯人は、三人の男で、運転をしていた男は、初めて見る顔でした。

部屋の納戸で気が付いたとき、男たちの声に交ざって、女の声が聞こえました。

私の横に母が、轡を嵌められ、後ろ手に縛られて、横たわっていました。

私は尿意を催したので、足で襖と床を蹴り続けました。すると、女が、襖を開けて、口の轡を取り、騒ぐな、何か用か？　と言いましたので、トイレに行きたいと訴えましたら、静かに行け、さもないと母の命がないぞ！　と脅され、その女に連れられて、トイレに行きました。

次の日の朝方、ジュースとパンを食べさせてくれました。母とは別々でしたので、母と話はできませんでした」

副署長は、亮子に、

「あなたに、逮捕した犯人たちを見ていただきたいのです。いわゆる面通しと呼ばれるもので、マジックミラーですから、あなたの顔は、相手には見えませんので、ご安心ください。もし、知っている人間だったら、名前を教えてください」と言って、犯人たちの確認をお願いした。

亮子が、副署長の依頼を受けて、三人の面通しを行った。

一人の女は、左高佐知代に間違いなかった。以前より老けて、少し太っているけど、間違いなく、逮捕されて玄関で、亮子に悪態をついた左高佐知代であった。

もう一人の女で、斎藤京子と名乗る女は、初めて見る顔であった。

男の方は、浩賢と仲が良かった大前しんいち、であった。

この男も、少し太っていたが、間違いなかった。

亮子は、副署長に、二人の名前を言って、間違いありません。しかし、もう一人の京子とかいう女は知りません、と報告した。

副署長は、亮子に、

「もう一人、新宿中央公園で逮捕された男の面通しも、していただけませんか」

「分かりました。多分、左高賢一郎か川崎たかしではないでしょうか」

亮子が、マジックミラーで見ると、川崎たかしであった。


副署長は、続いて、沢谷絵里に面通しをさせた。

「あなたを誘拐した男は、向うに立っている男たちのうち、誰と誰ですか」

絵里が、マジックミラー越しに見ると、五人の男が立っていた。

そのうち、知っている顔の男が二人いた。

「一人は、一番右側に立っている男で、店に何回か来ていた、鈴木竹太郎で、もう一人は、真ん中に立っている、佐藤進二です」

副署長と中波多刑事課長が、声を合わせるように、

「大前しんいちと川崎たかし、じゃない！　どういうことか？」

絵里が、自信ありげに、

「お店で入会するときの保険証の名前ですから、間違いないと思います」

副署長が、こっくり頷《うなず》き、

「そうか、入会するときに、偽名を使ったのだ。絵里さん、刑事をお店に行かせますから、その入会のときの書類を見せてください。多分、鈴木竹太郎が、大前しんいちで、佐藤進二は、川崎たかし、であるか、その逆であると、思われます」

「了解しました」

「すると、拳銃で撃たれて病院に搬送された犯人は、左高賢一郎ということだな」

「私を誘拐したステーションワゴンの運転をしていたのが、多分、左高賢一郎ではないでしょうか」

　すると亮子が、

「そうですね。間違いありません。この男たち三人は多田の手下でいつもつるんでいましたからね。今は、多田がいなくなったので、左高佐知代のもとで、グルになって、あくどいことをしていたのでしょう」

「いやー、あなた方の面通しで犯人が特定できました。ご協力に感謝します」と、お礼を言った。

　絵里と亮子は、恐縮した顔をし、絵里は、

「真智子や智也さんのお陰で、私も母も助けられました。ありがとうございました。それにしても、撃たれた真智子が心配です」

「そうね、真智子が撃たれたので心配ね。一夫さんからまだ連絡がきませんか？　もし、智也さん、いや、副署長さんに連絡があったら、教えてください。よろしくお願いします」

　副署長は、

「今まで通り、智也でいいですよ。了解しました。これからどこへ行かれますか、車で送りますよ」

「車って、パトカーは堪忍してください」と亮子が、困ったような顔つきで言う。

「勿論、パトカーじゃないです。公用車で、普通車ですから、気にしないでください」

「できましたら、真智子が搬送された新宿第一病院まで送っていただきますでしょうか」

絵里が、うなずきながら、

「私も真智子が心配だから、病院に一緒に連れて行ってください」

「了解しました。私も一緒に行きましょう」


副署長は、部下に逮捕した犯人たちの名前を知らせて、事情聴取をするよう、命じた。

副署長が、署長に新宿第一病院に行ってきます、と言うと、署長は、バツの悪そうな顔で、人質救出ご苦労様でした、と頭を下げ、どうぞ、病院に行ってください、と応じた。

智也は、公用車に、亮子と絵里を乗せて、病院に向かった。

車の中で、智也が、亮子の今の生活状況を聞いた。

亮子は、目を伏せて、

「世間の目は冷たく、いい職場には勤められません。したがって、前と同じように、水商売で働くしかありません」

「そうですか、でも、六本木で水商売は、お客の奪い合いで、競争も激しいでしょうね。出来たら、いい人を見つけて、結婚されるのがいいかと思います」

絵里が、

「そうですね。亮子さんは美人だし、まだ、三十歳代で若いから、いい人が見つかると思いますよ」

「私のような罪深い女は、結婚できないでしょう。私の過去を知ったら、男はみんな逃げ出すんじゃないかしら……」

「そんなことないですよ。あなたは無罪の判決だったので、今後は矜持《きょうじ》というか自信を持って、堂々と胸を張って、大丈夫ですよ。もし、警察関係者でよかったら、あなたにとっていい相手がいないか、探してみますけど……」

「警察関係者じゃない方がいいですけど。でも、ぜいたくは言えないから、よろしくお願いいたします」と、智也に頭を下げた。

三人は、病院に着いた。

残念ながら、真智子は手術が終わって、睡眠薬で眠っているので、面会できないとのことであった。

新宿警察署では、身代金目的誘拐事件の解決に、八面六臂《はちめんろっぴ》の活躍をした警視庁本庁の刑事たちも合流して、それぞれ犯人たちを取り調べることになった。

左高佐知代を事情聴取した刑事は、下澤刑事と新宿署の中塚美咲警部補であった。

大前しんいちは、薮川刑事と新宿署の山河宗太郎刑事である。

川崎たかしは、亀岡刑事と新宿署の青田川守刑事である。

斎藤京子は、森下刑事と渡辺頼子巡査部長が担当した。

下澤刑事と中塚美咲警部補は、左高佐知代を取り調べ、先ず、中塚警部補が口火を切った。

「あなたたちは、なぜ、沢谷絵里さんとその母親を誘拐し、監禁し、二千万円を要求したのですか?」

左高佐知代は、最初は、どうしてですかね~と、横柄な態度で、うそぶいていたが、下澤刑事が、「そうして、自供をはぐらかしたり、嘘をついたりすると、毎日、毎日、取り調べが厳しくなり、寝られなくなるぞ。早く、素直に喋って、楽になった方が、いいぞ」と説得すると、不貞腐れた顔をして、

「真智子は、私の夫・浩賢を死に追いやり、また、真智子の夫の財前浩三は、浩賢の母親を暴力で殺しました。浩賢を可愛がっていた多田さんも死に至らしめました。真智子だけが生きていて、いい暮らしをしている。だから二千万円ぐらいは、貰いたかった。でも、真智子は引っ越しして、雲隠れしたので、友人で、銀座でママをしている絵里を誘拐し、絵里だけじゃ、脅しに弱いので、母親も一緒に誘拐しました。この一連の主犯は、私で、息子の賢一郎や川崎、大前たちは私の指図に従っただけですから、大目に見てください」と、子供をかばう母親らしい情を見せた。

下澤刑事が、厳しい表情で、

「身代金目的で誘拐した罪は、刑法二百二十五条の二［身代金誘拐］の条文で、無期または三年以上の懲役に処されるのだぞ。それに、身代金目的で誘拐をして、成功した例はほとんどない。無謀な計画だったな。奪った金はどうするつもりだったのだ?」

「最近、店の売り上げが少なく、困っていたので、大金を稼ぎたくて、やりました」

「売り上げが減ったのは当たり前だ! お客に強いアルコールや睡眠薬入りの飲み物を飲ませ

て、眠らせてお金を盗む、暴力バー、いわゆる、ぼったくりバーが繁盛するわけがないだろう。新宿署では、立て看板や拡声器放送で、キャッチバーやぼったくりバーには注意するよう喚起しているから、減るのは当然だ。ほかにも、中野の駅前のマンションの前でショルダーバッグを強奪し、中にあったクレジットカードで、秋葉原で買い物をしたな！」

「はい、しました」

「あの強奪事件は、誰と誰がやった。やっぱり、お前さんの指図か？」

「そうです。私が、賢一郎と川崎に命令して、やらせました。だから、彼らには罪はありません」

「相手に傷を与え、金品を強奪しておきながら、罪がないとは、開いた口が塞がらないな。悪いことをして、捕まらないと思っていたのか？　自分の利益だけを追求すると、善悪を忘れてしまうものだ。それに庭訓《ていきん》と言う言葉がある、すなわち、学校で教えないことを親が子供にいろいろ教えることだが、逆に、親が子供に悪いことをさせると言うのは、どういう了見なのだ！　子供が悪いことをしようとしたら、それを止めるのが、親の務めなのに……」

「私たちが、こんな事件を起こしたのは、財前浩二や真智子が、悪いことをやったのが原因です。それなのに、真智子は、高級マンションに住み、何不自由なく暮らしている。誰だって、むかつくでしょう」

「お前さんたちは、早まったことをしたな。真智子たちは、翔子ママが所有していた赤坂のマンションや銀座のクラブの権利などを売って、その販売価格の二千万円を、あなた方親子に差し上げると言って、探していたんですよ。もう少し辛抱して、耐えていれば、いい便りが届いたのに、慌てる乞食は貰いが少ないとは、よく言ったもので、残念なことだ」

「ええっ！　嘘《うそ》！」

「嘘ではない。真智子は、今は、私の妻になっているし、弟の一夫が、あなたたちを探していたのだから、本当の話だ」

「まさか、それを知っていれば、誘拐や脅迫などしなかったのに……。ああ、賢一郎！　ごめんなさい。ああ……」と泣き崩れた。


大前しんいちは、薮川刑事と山河宗太郎刑事が、取り調べた。

薮川刑事が、

「あなたは、大前しんいちで、槙一と書くのだな？　免許証で確認した。あなたは、何故、誘拐や脅迫に加担したのですか？」

大前は、ふんぞり返って、二人の刑事を睨んで、

「そんなこと、聞かなくても分かるだろう。お金が欲しかったからさ！」

「お金のためなら、何でもやるのか？」

「そうだよ。お金がないと生きていけねーからな」

山河刑事が、

「お前さんは、銀座のデュエット・バー麗で、鈴木竹太郎と偽って、会員になりましたね。鈴木の健康保険証はどうやって手に入れたのか？」

「あれは、どうしたんだっけな〜」

「真面目に答えろ！　答えなければ、明日の朝まで飯抜きで、取り調べるからな」

「分かりましたよ。あれは、店に来たお客のものを盗んで使ったんです」

「店とは、ぼったくりバーの楽・馬酔木か？」

「そうです」

「店のママは、左高佐知代だな。そして、従業員というか、悪の仲間は、ママの息子の賢一郎とお前と川崎たかし、それに斎藤京子だな。ほかにいないのか？」

「今、言った人間だけです」と、面倒くさそうに、答えた。


川崎たかしは、亀岡刑事と新宿署の青田川刑事が取り調べた。

亀岡刑事が、

「君の本名は川崎亭史で、銀座の店では、佐藤進二の健康保険証を使って、入会していたな。佐藤の保険証は、どうやって手に入れた」

「あれは、店に来たお客が落としていったものです」

「嘘をつくな。真面目に答えなければ、毎日毎日、事情聴取するからな。分かったか」

「分かりましたよ。お客が寝ている隙に盗んだのです。でも、病院などでは使用していません。今回初めて使いました」

「店は、楽・馬酔木だな？」

「そうです」

「そこにはママの左高佐知代と息子の賢一郎、大前槙一とお前と、京子の五人か？　ほかにはいないか？」

「ほかにはいません」と、この男も、どういうわけか、亜樹の存在を喋らなかった。

京子を取り調べていた森下刑事が、

「あなたは、何で左高佐知代のマンションに来たのですか？　人質が監禁されていることを知っていましたね。そして、左高佐知代が逮捕されたのを見て、新宿中央公園にいる左高賢一郎に電話しましたね」

「私は、誘拐事件とは全く関係ありません。佐知代ママから、パンや牛乳などを買って、マンションに届けるよう、電話をもらったので、それを届けに来たのです。電話はしていません」

「嘘の証言をするといつまでも毎日、厳しく取り調べを行うからな。あなたの携帯でどこに電話したか分かっている。早く、釈放されたければ、素直に本当のことを喋ることだ。分かったかね」

「分かりました。刑事さんの言われる通り、左高賢一郎に電話しました。でも、誘拐したことは、知りません。ママが手錠を嵌められている隣に、店に来たことのあるお客の顔を見たので、手入れを受けたのは、ぼったくりバーの件でと思いました。本当です、信じてください」

「分かった。次に、あなたは、新宿の楽・馬酔木という店で、お客に睡眠薬入りなどのアルコール飲料を飲ませ、眠ったお客から、金品を奪っていましたね？」

「ママや左高賢一郎の命令に従っていただけです。悪いとは思っても、言うことを聞かないと、ぶたれたり、蹴飛ばされたりしますから……」

「こちらで調べたところ、左高佐知代とその息子、それに大前と川崎、それにあなたが店で稼いでいたことになっていますが、そのほかにはいませんか？」

「もう一人、風合瀬亜樹という子がいます。でも、彼女も私と同様、今回の誘拐の件は知らされていませんでした」

「亜樹の住まいはどこですか？」

「大久保のメリー・アパートで、一人で住んでいます」

「これまで、何人ぐらい騙して、いくら巻き上げたのか？」

「覚えていませんというより、分かりません、お金はすべてママが管理していましたから」

「あなたは罪が軽く、直ぐ、釈放されると思うので、釈放されたら、人を騙すような仕事はしないで、真面目に働くんですよ。まだ、若いし、綺麗な顔立ちなので、心を入れ替えて真面目に働けば、きっと、幸せになれるでしょう」と、森下刑事が諭した。

京子は、頭を下げながら、

「分かりました。申し訳ありませんでした……」と涙ぐんだ。

次の日、医者の許可を得て、公園で拳銃を発射し、刑事に撃たれた男に対し、取り調べを行った。取り調べにあたった刑事は、下澤刑事と新宿署の中波多刑事課長であった。

最初は、頑なに口を閉ざして、刑事たちが、名前と年齢など、質問したが、ふてくされた顔で、だんまりを、決め込み、答えようとはしなかった。

　下澤刑事が、

「警察では大体のことは把握している。君は、左高賢一郎だね！　左高浩賢と佐知代の子供だね。新宿署にいるお母さんにここに来てもらって、対面するか？」と言うと、

「母は関係ないから、呼ばないでくれ、喋るから……確かに俺は左高賢一郎で亡くなった左高浩賢と佐知代の息子だ。親父が、真智子に騙されて殺されたから、仕返しのつもりで、脅迫した。遡《さかのぼ》れば、親父の浩賢の母を殺したのは財前浩三で、真智子の夫だったと聞いている。いろいろ真智子が絡んだ事件で、俺の親父を育てた翔子ママも留置場で死んだ。また、財前は死んだが、真智子は、遺産や保険金ががっぽり入って、のうのうと生きているから、狙ったんだ」

「確かに、いろいろ事件があった。しかし、真智子が、その事件の元凶ではない。彼女は逆に被害者だ。夫を亡くしたし、君のお父さんたちに一千万円奪われている。それにそもそも、蟷螂《とうろう》の斧《おの》という言葉を知っているかね？」

「いいえ、知りません」

「自分の実力を知らないで、無謀な行為をすることだ。お母さんにも言ったけど、身代金目的で誘拐しても、成功しないし、重罪だ。それに日本の警察は優秀だということだ。それから、真智子たちは、翔子ママが所有していた赤坂のマンションなどを売って、その販売価格から、君たち親子に二千万円を渡そうと、探していたんだぞ……」

「ええっ！　本当ですか？　母と私に二千万円も……」

「嘘なもんか、本当の話だ。昨日、君のお母さんにも、同じ話を聞かせた。お前さんたちは、本当に早まったことをしたな。待てば海路の日和あり、でいい話が舞い込んだのにな。まあ、君は、まだ、成人前で若いから、罪を認めて、反省し、やり直すんだ。分かったかい。いつ、釈放されるか分からんが、お母さんと、二千万円でやり直すんだな」

「はい、分かりました。素直にすべて白状しますので、母を早く釈放してください」と涙を流して、訴えた。

下澤刑事は、（問うに語らず、語るに落ちる。）だな、と思った。

手入れ

新宿署では、「性風俗営業等に係る不当な勧誘、料金の取立て等及び性関連禁止営業への場所の提供の規制に関する条例」、いわゆる、ぼったくり防止条例に基づき、新宿の飲み屋街で、キャッチバー、ぼったくりバーと呼ばれる暴力バーで、被害にあったとして、投書や苦情相談があった店のリストから、届け出件数が多い店順に家宅捜索を行うことにした。

そのほかにも、情報屋といわれる者たちからも聞き込みをして、店を特定した。

警察では、取り締まりを強化しているが、一向に減らない、ぼったくり事件に業を煮やし、抜き打ち捜索で、夜の十時頃に行うことにした。したがって、客がいるところを狙って行われた。

一夫が、風合瀬亜樹に誘われて入った楽・馬酔木も、当然、手入れを受けた。

刑事たちが五人突入した。

この日、亜樹は、さちママや賢一郎たちが逮捕されたことを知ったので、この際、足を洗って、出直そうと思い、店に置いていた私服や化粧道具を取りに来ていた。

亜樹が荷物をまとめ、店を出ようとしたとき、警察の手入れにあった。

刑事たちが、亜樹に捜索令状を見せて、調べ出した。

店の中のキッチンに置いてある瓶の中に、未使用の眠り薬と劇薬があった。

また、飲み終わったビールケースの中にあったビール瓶の底から、薬物の残量が検出された。

これらの押収で、客を眠らせたり、失神させたりして、金品を盗んでいたことの証左が立証された。

更に、サバイバルナイフや模擬銃も見つかった。

現場に居合わせた亜樹は、任意同行を求められ、新宿警察署に連行された。


一夫は、亜樹が連行されたことを知り、智也に、

「今回の絵里たちの監禁場所を知ったのは、亜樹と亮子が教えた場所が一緒だったから、俺は確信を持って、智也に教えたんだ。亜樹は、左高佐知代や賢一郎、それに取り巻きの連中などを教えてくれたし、ぼったくりバーのことも話してくれて、俺の情報源になってくれた。今回の事件

解決の功労者なのだ。それに、亜樹は、青森から東京で就職するために出てきて、置き引きなどの被害にあって、一文無しになって、その後は、脅迫を受けながら、あそこで働いていたんだ。それに彼女は、誘拐事件とは全く関係ない」と、力説し、亜樹の釈放を訴えた。

一夫の話を聞いた智也は、

「その件は、すでに、斎藤京子の取り調べで、京子と亜樹は、絵里たちの誘拐事件とはまったく関係がないことが明らかになっている。お前が証明せずとも大丈夫だ。また、ぼったくりバーでの悪質な行為も、自分の意思で行ったのではなく、左高佐知代と賢一郎たちに脅されて、仕方なく行っていたと認めるよ。心配するな、任せとけ！」と、言った。

次の日、亜樹は、いわゆる、おとがめなしで、無罪放免となった。

そのあと、京子の方は、書類送検されたが、不起訴処分で釈放されることになった。

亜樹は、警察から、直ちに、青森の実家に連絡がいき、両親が身元引き受けで来て、一緒に青森に帰ることになった。

一夫は、たった二度の逢瀬で、しかも、一度きりの愛の交換であったが、目を閉じると亜樹の白くて、柔らかくて、温かい躰の感触が思い出され、もう一度、亜樹に会って、今後は、田舎の両親のもとで、真面目に暮らすんだよ、と、力づけてやろうかと思ったが、未練がましく、顔を合わさず、このまま別れた方がいいと判断し、会わないことにした。

亜樹が、釈放されたあと、智也が、一夫を個室に呼んで、

「お前が、匿名投書して、写真を送ってくれたので、パチンコ屋で、学生に暴行を加えた犯人たちの大半を逮捕することができた。一人捕まえ、芋づる式に五人逮捕した。まだ、逮捕できていない犯人が、二人ほどいるが、時間の問題だ。ぼったくりバーも、手入れできた。ご協力、ありがとう」

「ええっ！　何で俺が投書をしたと？　そんなことしないよ」

「隠してもだめだ。パチンコ屋の横の暴行事件は、俺もそばで見ていた。お前が、ライターで隠し撮りしているのを知っていた。それに、楽・馬酔木の店の亜樹をどうして詳しく知っているんだ。誰にもお前が投書したと言っていないし、亜樹のことは、美絵子さんに言わないから、安心しろ、二人の秘密だ」

「ところがあのおかっぱ髪の美絵子が、結婚式を終えて、初夜のベッドに入る前に、正座して、よろしくお願いいたします、と言ったあと、俺に、浮気をしないと約束してくださいと、釘を刺すので、俺を信じてくれ、浮気なんかしないから、と言ったら、分かりましたと言う。それで終わりかと思ったら、ハンドバッグから一枚の写真を取り出した。それが、新宿で亜樹と待ち合わせして、ホテルに入るところの写真で、それを突きつけ、今後はこんなことをしないでください。ここで、この写真を破りますから、いいですね、と言いやがったのだ。いやー、まさか、あの美絵子が、俺の跡をつけていたとは、全く、想像もできないし、信じられないことだよ。女って、怖いと思ったよ。俺は、言い訳もできず、とにかく、頭が上がらず、尻に引かれることになったよ」

「そうか。うぶで生娘だったから、お前の行動に疑問を抱いたのだな。だって、俺と新宿を探索したあとも、美絵子さんとのデートをさておき、お前一人で何回も新宿に行っていたんだろう。誰だって、怪しいと思うよ」

「そうか。でも、美絵子がはっきり言ってくれたし、それに、お前にも隠していた盗撮のことがばれて、すべて、これで隠し事がなくなって、すっきりしたよ。それにしても、まいったな。流石、副署長さんだ。一本取られたな。お前が写真を見れば、見破られるかな？　と思ったけどな、やっぱり、見破られたか。あの写真現像してみたら、黙っておられなかったんだ」

「今後は、盗撮はやめろよ！　今度、撮っているところを見たら、逮捕するからな。多分、美絵子さんは、お前が盗撮しているのを知っていたんじゃないか、それで真似してやったのかもしれんな。美絵子さんの盗撮は許せるけど、お前は許せないぞ！」

「分かりました。副署長さま。でも、盗撮はどの法律でどの規定か知っているか？」

「そうだな。確かに、刑法では盗撮罪って、規定はないな。条例で、迷惑防止条例があるから、それの違反で逮捕できるな」

「さすが副署長さんと言いたが、それは駅などの公共の場所での盗撮行為で、住居など私的場所なら、軽犯罪法違反で逮捕できる。県によって、罰則など、扱いが異なるけどな。それから、十八歳未満の児童を盗撮したら、児童ポルノ法違反となる。更にいうと、民事で、肖像権侵害で訴えられる可能性がある」

「さすが、敏腕弁護士だね。詳しいな」

二人は、笑いあって、でも、事件解決だ、と言って、握手をした。

人を謀れば……

真智子は、拳銃で撃たれたあと病院に搬送されて、一命を取り留めた。

首筋を七針縫い、重傷であった。

二日間面会謝絶で、ＩＣＵ（集中治療室）で治療を受けた。

この間、下澤と一夫は病院に頻繁に通って、真智子の身体を気遣った。

三日後、やっと、真智子との面会ができることになった。

先ず、真智子の夫である下澤が主治医に呼ばれ、手術の内容や現在の状態、そして今後の治療方法や養生についての注意事項など、の説明が行われた。

首筋を縫ったので数日して抜糸することと、声帯に異常がみられるため、治るまで筆談して、あまり喋らせないようにということであった。

面会が許されてから、下澤が先ず会った。

真智子は、下澤の顔を見ると、瞬く間に涙顔になってしまった。

下澤が、真智子の手を握り、

「真智子、大丈夫か？」と聞くと、真智子は、ベッドサイドキャビネットの上に置いてあるメモ用紙と鉛筆を取ってくれるように目で合図し、

（迷惑をかけてごめんなさい。智明はどうしていますか。会いたいわ……。）と書いた。

「連れてこようと思ったけど、連れてくると抱きたくなって、傷によくないから、おふくろに預けてきたよ。早く智明を抱けるように、ほかのことは考えずに、しっかり傷を治すことに専念したらいい」

（分かったわ。よろしくお願いいたします。）

下澤は、真智子の手を顔に当て、

「大丈夫だよ。お医者さんの言うことをよく聞いて治療すれば……」

ここで、看護師が部屋に入ってきて、

「点滴投与をしますので今日の面会はこれくらいにしてください」と言うので、下澤は、真智子に目配せをし、額にキスをして、じゃあ、また来るからと言って、部屋を出た。


次の日、一夫が真智子に面会に行った。

真智子は、一夫の顔を見ると、やっぱり、たちまち涙顔になってしまった。

「真智子姉さん、大丈夫かい。とにかく、一命をとりとめてよかった。赤ちゃんのためにも、できるだけ早く全快し、抱いてやらなきゃあね」

（そうね。智明のためにもしっかり治療して、早く退院するわ。）と書いた。

一夫が、真智子にまた来るから、ゆっくり治療してね、と言って、帰って行ったあと、真智子は、眠りに落ちた。

抜糸をした次の日。

真智子は、夢を見てか、または、熱に浮かされたのか、譫《うわ》ごとを発している。

（両親と一夫の家族四人で、楽しく、食事をしている。真智子が何か喋ると、三人がダメ！　と言って、姿が消えた。そのあと、財前浩三が……次に浩賢か？　誰か分からない男の顔が……。画面は変わり、明が、智明を抱いて現れ、笑顔で手を振っている。真智子が手を差し伸べるが、届かない。ああ～　待って！　あき・ら……とも・あき……。）

真智子は、ここで目が覚めた。そして、心の中で、

（あぁ、私は拳銃で撃たれて、入院しているのだ。首の傷が痛い！　やっぱり、私は助からないのね……。ああ、ああー……。）


次の日の朝。

順調に快方に向かっていたはずの、真智子の容態《ようだい》が急変した。

看護師が、朝の検温に来て気づいた。

病院から、一夫のところへ、連絡が入った。

一夫は、すぐタクシーで病院に駆けつけた。

タクシーで病院に向かう途中で下澤明の携帯に電話をした。ところが、携帯は電源が入っていなかった。したがって、連絡が取れなかった。

主治医が、

「患者さんが、弟の一夫さんを呼んでくれと懇願されるので……連絡しました。ご主人様にも、看護師が連絡しましたが、携帯は通じませんでした」

真智子は、一夫を確認すると、涙を浮かべ、

「一夫……人を謀れば人に謀られる、とか、人を呪えば穴二つ、というけど……馬鹿だったわ。私は……これで、傷もつ身の不安……は消える……わ……」

と、最期の力を振り絞って、言い、あっけなく息を引き取った。

一夫は、真智子の身体を揺さぶりながら、

「姉さん！　真智子姉さん～　死んじゃだめだよ！　死なないでくれ！　姉さん！　僕を一人にしないでくれ！　ああ！　どうして？　ああ～神様……」と、叫び、泣き喚いた。

一夫は、真智子の傍で、いつまでも泣き崩れていた。

看護師が病室に入って来て、一夫に、お悔やみの言葉をかけた。

それでやっと一夫は、少し、落ち着きを取り戻した。

一夫は、マンションに着いて、姉・真智子の最期の言葉を反芻《はんすう》した。

（あれは、自分が犯した罪に対する悔悟《かいご》の言葉だったのだ。姉は、亮子さんが言っていたように、青下清一に夫・財前浩三の殺害を依頼したのだ。金庫の鍵や番号の謎も、そう考えると辻褄《つじつま》が合

う。［天網恢恢疎《てんもうかいかいそ》にして漏らさず」とか、［天知る地知る我知る人知る」と謂われるが、姉に天罰が下ったのだ……。）

一夫は、姉・真智子の力になってやることができなかった、助けてあげることができなかった、と忸怩《じくじ》たる思いを感じ、鬱々《うつうつ》とした気分に陥った。

病院では、二時間ほど経過して、下澤明が、血相を変えて、駈け込んで来た。

真智子の夫である下澤明が来たので、主治医は、死因や死亡診断者などについて説明します、と言って、別の部屋に連れて行った。

主治医は、

「真智子さんの死因は、血液中にウイルスが入ったことによるもので、何故、ウイルスが血液中に入ったか不明です」と、説明した。

下澤は、ウイルスが血液中に入った原因が不明だと聞き、

「それは、病院側の医療ミスではないか！」と、怒鳴った。

主治医が、

「ウイルスの感染経路はたくさんあって、怪我、出産、輸血、空気感染などいろいろ考えられ、特定するのは困難です。奥さんは、一ヵ月ほど前に出産されていますし、今回、怪我をされ、また、輸血をしています。また、お見舞いに来られた方による空気感染も考えられます。あなたがおっしゃるような医療ミスは考えられません。ご理解ください」

主治医と看護師が、医療ミスでないことを力説し、憤《いきどお》る下澤を、一生懸命宥《なだ》めた。

小一時後
下澤は、どんな慰めや謝罪の言葉を聞いても、承服できなかった。しかし、医者たちに、どんなに苦言、苦情を言っても、真智子は生き返らない、これも真智子の運命か、と心に言い聞かせたが、何とも割り切れない気持ちが残った。

主治医が、そのあと、死亡診断書や遺体の引き取りなどの説明をし、

「これは、奥さんの枕の下にあった書置きです」と、言って、下澤明に渡した。


下澤は、マンションに着いて、真智子の遺体を見て、お別れを言い、最期の書置きを読んだ。

（明さん、短い期間でしたが、楽しかったです。愛してくれてありがとう。智明と三人でこれから幸せに過ごせると思っていたけど、残念です。人生は、好事魔多しというけど、真面目に生きていても、悪い邪魔が入るものなのですね。悔しい……。智明のことよろしくお願いします。いい女《ひと》を見つけて、再婚してください。一夫もよろしくね……。さようなら、愛する明へ。）

下澤は、涙が溢《あふ》れた。

「ああ～何で、死んじゃったの！　それも生まれたばかりの赤ちゃんを残し……ああ～こんなことって、信じられないよ。まち・こ……ま・ち・こ～」と、まだ世の中の何も知らず、スヤスヤ

寝ている智明を見つめて、慟哭《どうこく》した。

明の母親が、そんな息子の姿を見て、

「三十代の若さで夭折《ようせつ》するとは……これも運命だよ。泣いて、泣いて、真智子さんのご冥福を祈り、生まれたばかりの智明をしっかり育てることだよ。人の一生は重荷を負うて遠き道を行くが如し、と謂われているからね……」と、言って、明の身体を優しく包んだ。

罪滅ぼし

亡き真智子の初七日の法要を、今では、下澤明と智明が二人で住んでいるマンションで執り行った。

下澤は、真智子のたった一人の血族である一夫に相談して決めた。

下澤の両親と、一夫夫婦に加え、真智子と親しかった、針川智也夫婦、絵里、ユー、亮子にお参りに来てもらった。

法要が終わったあと、絵里が、

「下澤さん、真智子の子供はまだ生まれて一ヵ月少々ですので、いろいろ手がかかります。男手では大変でしょうし、まして、大事な仕事を疎かにできないでしょうから、私が責任をもって預かりますので、仕事に専念してください。仕事明けにお迎えに来ていただければいいのです。私が、あの男たちに誘拐されて、私の携帯電話から真智子の電話番号が分かり、それで呼び出され、殺されたのです。私が殺したのも同然です。真智子に代わって私が責任を持って、智明ちゃんにできるだけのことをさせていただきます」

横にいた亮子も、

「私も手伝わせてください。二人で責任をもってお預かりいたします」

「お二人のお気持ちはありがたいですけど、私の両親がいますので、そちらにお願いする予定です……」

「でも、ご両親様には悪いけど、静岡ではお兄さん夫婦とお子さんが一緒だし、それに下澤さんも智明ちゃんをいつも横に置いていたいでしょう。仕事から帰ってきて、智明ちゃんの顔を見ると疲れも吹っ飛びますよ」

横で聞いていた明の父親が、

「そうだな、静岡に連れて行って我々で育てたいけど、老人たちが育てるよりは、二人の若い女性にお願いした方が、いいかもしれんな。おばあちゃん子、おじいちゃん子は、ひ弱に育つとか言われているし、長男夫婦がうるさいこと言うかもしれん。また、長男の子供たちが虐めたりするかもしれんからな……」と、明と長男の仲が悪いことを気遣ったような、言い方であった。

横で聞いていた一夫が、

「私もお父様のお考えに賛成します。また、こちらにいれば私の妻も手伝えるし、私の子供が生まれたら、一緒に遊べるから……」

「皆さん、ありがとうございます。そうですね、親父さんたちも大変だからね……ではお二人のお言葉に甘えて面倒を見てもらいます。よろしくお願いいたします。必要経費は請求してください」

月日は流れ

真智子が亡くなってから三ヵ月が過ぎた。
その間に色々な出来事があった。

その一、メールが……

夫に風合瀬亜樹から、メールが届いた。

「鈴木様

　私は、今、青森の風合瀬の実家からＪＲ五能線で、二十分ほどの深浦駅の近くの喫茶店で働いています。鈴木さんにはお世話になりました。また、私の無罪放免にご尽力いただきましてありがとうございました。私を、新宿署から出すときに、刑事の方が耳打ちして、君の無罪放免を言いだしたのは、君とホテルで過ごした男だ。でも、君と住む世界が違うから、今後は接触しないように……と。それで、メールを打とうか打つまいか迷ったのです。メール送付したら、ひょっとしてご迷惑をお掛けするのではないかと大いに迷いました。でも、お礼を一言いいたくて、思い切ってメールしました。

　これが私の最後のメッセージだと思ってください。

　先日、思いがけなく、斎藤京子さんから電話をいただきました。彼女が言っていました。鈴木さんは、佐知代ママが逮捕されたときに横にいて、刑事で、私たちを逮捕するために、潜入捜査していたらしいと。それを聞いて、私も納得がいきました。でも、私は鈴木さんを恨んだりしていません。むしろ感謝しています。初めて経験した素晴らしい夜景とワインと、そして素晴らしい殿方でした。

京子さんも今は、福島で「カラオケ歌唱唱」という店で、真面目に働いているそうです。二人で、人を騙したりして、人に恨まれたりすることが無くなったので、悪夢も見なくなって、心身爽快だねって……言い合いました。そして、お互いに、昔のことは忘れて、前を向いて暮らしていきましょう。そのために、お互いの携帯電話の番号やメールアドレスも今日を限りに削除しましょうと、言い合いながら、泣きました。

大好きな鈴木さんともこれでお別れです。どうか、お幸せに暮らされますことを祈願しながら、失礼致します。さよう・なら……風合瀬亜樹。」

一夫は、メールを読みながら、最後は少し、センチメンタルな気分に陥った。

読み終わって、一夫も、返信するか迷った。

次の日。

一夫は、亜樹が、自分のことを刑事と思っていることや潜入捜査で付き合ったと思っていることなどについて、誤解を解こうと、メールに返信したが、通じなかった。また、電話も通じなかった。

「これが私の最後のメッセージだと……」と書いていたように、電話番号やメールアドレスを削除したようである。

亜樹としては、一夫から、返信がくると、また、会話が続き、せっかく決心した気持ちが揺らぐと思ったのであろう。

一夫は、心の中で、

（亜樹よ！　君との二日間は、楽しかったよ。君の喫茶店を持つ夢が叶うことと、素晴らしい伴侶に出会って、幸せな人生になることを祈念しています。さようなら。）とつぶやいた。

その二、絵里が……

真智子が生前、

「絵里が結婚を前提に付き合っている男がいる」と言っていたが、その付き合いが発展し、結婚することになった。

真智子の死後、沢谷絵里と星川亮子が、下澤明と真智子との間に生まれた智明の面倒を見てくれることになった。

この日は、真智子の四十九日の法要が無事終わったので、その時に手伝などをしてくれた親しき人たちを改めてお呼びし、昼過ぎから、下澤のマンションの部屋で慰労会を催した。

下澤の両親と一夫、智也、絵里、亮子、そして智明の八人で行った。

この時の主役は、智明であった。

智明は、おばあちゃんに抱かれ、次は、おじいちゃん、明、一夫、智也、絵里、亮子と、代わる代わる抱かれて、あやされた。

（当の本人・智明は、みんなで次から次に回しやがって俺は、タライや回覧板とは違うのだぞ、疲れるぜ！　と、思っているかも？……。）

下澤明が、最初にみんなにお礼の言葉を言って、慰労会が始まった。

卓上には、懐石料理が用意された。

女性陣は、お茶を飲み、男たちは、ビールを飲み、会食が始まった。

突然、食事を始めた絵里が、

「うう、うう」と言って、嘔吐《おうと》をするような仕草をした。

一緒に食事をしていたみんながびっくりして絵里の方を向いた。

すると、下澤の母親が、直ぐ、炊事場からコップに水を入れて持ってきて、

「あなた！　それって、お目出度じゃない」と言った。

男たちは、きょとんとしていたが、亮子が、

「あなたが話していた、お付き合いしている方との……おめでとう」と言った。

絵里は、

「ありがとうございます。皆さん、申し訳ありませんが、これから病院に行きたいと思いますので、これで、今日は失礼させていただきます」

「それがいいわ。私がついていくわ」と亮子が言うと、下澤の母が、

「私がついていった方がいいと思います。亮子さん、悪いけど智明のことよろしくお願いいたします」

ということで、絵里のお目出度が公になり、急遽、結婚式を挙げることになったのである。

大変、お目出度いことであったが、まずいことがあった。


その二、絵里が……

それは、これまで絵里と亮子で、智明の面倒を見てきたが、それができなくなり、亮子が一人で面倒を見なくてはならなくなったのである。

下澤は、亮子に、

「絵里さんが、お目出度で結婚し、智明の面倒を見られなくなりました。やっぱり、両親にお願いしようと思います」と言った。

「下澤さん、大丈夫です。私が一人でも引き続き智明ちゃんを預からせていただきます。これまで絵里さんとやってきて、やるべきことは全て覚えましたので、大丈夫です」

亮子は、真剣に、明と両親を説得し、引き続き、智明の面倒を見ることになった。

亮子が営業していた六本木のクラブ「亮」の経営がうまくいっていなかったので、売りに出していた。

店の改装費や宣伝費などを計算し、どれ位の期間で回収できるか計算した。その結果、営業を辞めて、売りに出し、別の仕事を探した方がいいと、結論を出した。


亮子は、次の日から、下澤のマンションにほとんど入り浸りで、智明の世話に、下澤明の食事の用意から洗濯、掃除までやって、家政婦以上の働きであった。また、智明が眠ると、子育ての本や介護福祉士の教材などを真剣に読みだした。

亮子の住むマンションと下澤のマンションは、自転車で五、六分、歩いても十五分かからないところにあったので、亮子は、いつでも、自分のマンションに行って休息がとれた。

もう一つの問題は、一夫の方にあった。

すなわち、銀座のデュエット・バー麗のママを誰かに交代させる必要が生じたのである。

絵里から、一夫に、

「私のお腹が段々大きくなって、荷物の上げ下ろしや過激な労働は、流産の危険があるので、麗を辞めさせてください」と連絡が入った。

一夫は、麗のスタッフは絵里のほか、中国人の陳、肖、袁しかいない。したがって、早急に、しっかりした信用できる日本人のママを探さなければならない、と思った。

（亮子が一番いいのだが、亮子は、下澤の一粒種の面倒を見ているので無理だ！　ほかに誰かいるか？　妻の美絵子もお腹に子供を宿していて駄目だ！　公募するか？　できたら、姉や絵里と関係のある人間がいい……。そうだ、姉の中学時代のバレー部の人たちに当たってみるか……。）

次の日、一夫は、絵里に電話した。

「実は、麗のママつまりあなたの後任に、姉とバレーボールをやっていて、中野のマンションなどに来ていた方たちがいますよね。その中で、あなたと特に仲が良かった高嶋裕子さんは、どういう生活をしていて、どういう性格か、教えていただけませんか。私から、高嶋さんに直接お願いしてもいいですけど、事前に、あなたから打診していただけると有難いのですが……」

「分かりました。彼女は、人の面倒見がいいし、太っ腹で、しっかりしていて、浮いたところがなく、みんなから好かれるタイプでした。私の銀座への就職も彼女が真智子に掛け合ってくれたおかげですから、適任ですね。でも、旦那さんと子供さんがいるので、どうでしょうか？　本人に訊いてみますので、お待ちください」

次の日、絵里から返事が来た。

「一夫さん、喜んでください。裕子は乗り気でした。旦那さんのお仕事は、商社マンで今は海外に赴任中ですって。あと、三年ほどは日本に帰ってこないそうです。それと、お子さんは、裕子は結婚が早かったので、今は、大学生でほとんど手がかからないから、退屈していたところだと言っていました。ただ、水商売というか、お客さん相手の仕事をしたことないから、自信がないとも言っていました。でも、その点は、私が教えるから大丈夫よと言っておきました。まだ、私は働けるし、安定期に入れば、身体は動かせるから、とも言っておきました」

「ありがとうございます。では、私から正式に頼んで、条件面を詰めて、契約したいと思います」

ということで、銀座のお店のママは、高嶋裕子に決まった。

その三、呉越同舟

左高佐知代は、沢谷絵里たちを身代金目的で誘拐した事件と中野で真智子のショルダーバッグを強奪した事件、更に楽・馬酔木での傷害事件や詐欺事件で起訴された。

賢一朗は、身代金目的誘拐と拳銃で真智子を撃って怪我をさせた傷害罪で逮捕されたが、そのあと、真智子が病院で死亡したため、殺人罪に切り替えられ、起訴された。

二人は、未決囚で拘置所に収容されている。

一夫は、左高佐知代に接見に行った。

一夫の目的は、マンションなどの処分代金の二千万円の引き渡し方法について、相談することであった。

一夫が、佐知代の接見で、自己紹介をし、

「左高佐知代さん、私は真智子の弟で金町一夫と申しまして、弁護士をしています。佐知代さん、体調はいかがですか？　大丈夫ですか？」と労《ねぎら》いの言葉を発した。

「ええ、大丈夫です。あなたは刑事ではなかったのですね。お世話になります」

「いいえ……実は、警察でお聞きになったことと思いますが、赤坂の翔子ママが所有していたマンションなどの販売代金二千万円の引き渡し方法などについて、ご相談に参りました」

「いろいろ、ありがとうございます。本当にいただけるのですか？　もし、いただけるようでしたら、私の銀行口座に振り込んでいただければと思います。賢一朗とどちらが早く釈放になるか分かりませんが、釈放後、賢一朗と有意義に使わせていただきます」

左高佐知代は、一夫に振込先を告げたあと、神妙な顔つきで、

「実は、私の弁護を、国選弁護士ではなく、金町弁護士にお願いしたいのですが、いかがでしょうか。やっていただけますか？　また、息子の賢一郎もお願いいたします」

一夫は、まさかそんな話になるとは思っていなかったので、吃驚し、

「えっ!、私に弁護を、ですか……」

一夫は、一瞬、頭に血が上り、言葉を失った。

(姉を脅迫し、拳銃で撃ち、死亡させた憎むべき犯人の弁護を……。)

佐知代は、一夫が、絶句しているのを見て、

「やっぱり、あなたのお姉さんを脅迫した犯人たちを弁護するのは、無理でしょうか?」

一夫は、大きく息を吸い、弁護士の使命と職務を思い浮かべ、

「いえ、大丈夫です。私で良ければやらせていただきますが、相談したい人がいますので、明後日、また、伺います」と、平静を装って言った。


一夫は、拘置所を出て、家路に向かいながら、

(左高親子の弁護を引き受けてしまった。呉越同舟になってしまったが、美絵子は、何と言うかな? また、下澤さんは、どう思うかな? どう言い訳するかな……罪を憎んで人を恨まずと言うからな……。)などと思案した。

一夫は、家に着いて、妻の美絵子に事情を説明したうえで、相談した。

美絵子は、弁護士だから、引き受けざるを得ないでしょうね、と一夫の行動に理解を示し、話し合った結果、佐知代の弁護は、美絵子に任せることになった。

息子の賢一郎の弁護は、一夫が行うことにした。

親子ともども一夫がやってもよかったが、佐知代の弁護は、女性同士だから、美絵子にやら

せた方がいいと判断したのである。

一夫と美絵子は、佐知代の罪状は、
①身代金目的誘拐事件では、賢一朗、川崎享史、大前槙一を唆した、いわゆる、教唆犯である。これは、共犯として罰せられるが、実行犯、すなわち、絵里たちを誘拐し、身代金を要求した者たちよりは、刑罰は軽いものとなるだろうと考えた。
②また、中野で真智子を襲った強盗事件も、息子たちに教唆した罪であるので、やはり、刑罰は軽いとみた。
③ぼったくりバーでの傷害や詐欺行為などは、すべての被害届が出されていないため、どの程度の罪になるか、判断がつきかねたが、これも刑罰は軽いとみた。

一方の賢一朗の罪状は、身代金目的誘拐事件では、川崎享史たちと実行犯を演じた。

また、公園で、下澤刑事を拳銃で撃った行為は、公務執行妨害罪に該当するし、銃砲刀剣類所持等取締法による不許可所持、更には、拳銃発射の罪に抵触する。それに加えて、真智子を射殺したため、殺人罪の適用を受け、無期または死刑に匹敵する重罪である。

ただ、救いは、未成年であるため、少年法の適用を受けることである。

だが、賢一朗は、この時、十九歳と十ヵ月であったので、家庭裁判所での審判で、どういう判断が下されるか、非常に難しい問題を孕んでいた。

すなわち、家庭裁判所の審判で、重大事件でこれは検察官送致が相当と判断されると、成人と同様の刑事裁判を受けることになる。

そのあと、正式裁判で有罪になれば、懲役刑を科され、長い間、収監されることになる。

先に述べた、公務執行妨害のほか、殺人罪に加え、更に余罪があり、中野で真智子を襲ってショルダーバッグを奪い、ナイフで怪我をさせた強盗致傷事件も、加味されるだろうから、刑罰は重くなると見るのが、誰でも考える当然の判断だろう。

したがって、一夫にしては、賢一朗の弁護は相当難しいものであると判断し、覚悟して、気を引き締めなければならなかった。すなわち、判例や法律書などを調べたり、ひもといたりしなければならないため、大変な作業を強いられることになる。

そのうえで、検察側の指摘していることに反証を挙げるなどして、争う必要がある。

その一つは、検察側は、真智子が死んだのは、拳銃で撃たれたのが原因である、と見ている。

しかし、一夫は、真智子の死因は、入院中に別のアクシデント（ウイルスが血液中に混入したのが死因だと医者が言っていること。）で死亡したことが、立証できれば、殺人罪は逃れると思っていた。

また、中野での強奪事件は、真智子の傷は軽傷だったし、襲ったのには理由、昔の因縁があって、佐知代に唆されて、行ったもので、逮捕後、相当後悔し、反省しているため、ある程度の情状酌量の余地がある、と予測していた。

一夫は、左高佐知代と約束した通り、接見に行き、事情を話し、

「あなたの弁護は、私の妻の美絵子がやらせていただきます。賢一朗君については、あなたの場

合と大変難しい問題を孕《はら》んでいますので、私が弁護します」

「えっ？　賢一朗は未成年なので、私より早く釈放されるのでは？」

「ところが、賢一朗君が撃った私の姉の真智子は、病院で死亡しました。私の知識では、確かに、賢一朗君は、未成年ですけど、家庭裁判所の審判で、検察官送致が相当と判断されると成人と同様の刑事裁判を受けることになるのです」

「ええっ！　真智子さんが死んだ！　賢一郎が殺したのですか？　そうなんですか。弁護士先生、どうか、賢一朗が無期懲役とか死刑にならないよう、よろしくお願いいたします」と、一夫を拝むように、両手を合わせて、涙ぐんだ。

「一生懸命弁護いたします。それで、お母さんにお願いがあります。あなたが、前面に出て、賢一朗たちに私が命令してやらせたことだから、私を罰して、賢一朗たちは釈放してくださいと声を高らかに訴えてください。そうすれば、少しは、賢一朗君の罪を軽くできるかもしれません。その点については、いつどのような場所でとか、いずれ、具体的に説明いたします」

「分かりました。よろしくお願いいたします」

一夫は、佐知代と別れ、明日は、賢一朗を拘置所に訪ねようと思いながら家に戻った。

天壌無窮

真智子が亡くなってから五ヵ月が過ぎるころ、一夫夫婦に女の子が生まれた。

奇しくも、この日は、真智子の忌日《きにち》・命日であった。

一夫が、姉の生まれ代わりだ、と言って、名前に、姉と妻のそれぞれ一文字を取って、美智代と名付けた。

一夫は、病院で、妻の美絵子が、美智代を抱いている姿を写真に収めた。

美絵子から、美智代を渡されて、初めて抱く我が子に、

「初めまして、私があなたのパパですよ。よろしくお願いします、ね」と言いながら、万感胸に迫り、目頭を熱くしながら、

（お前は、姉の生まれ代わりだ。私の悲しい、寂しい気持ちを、慰めてくれた。人生は天壌無窮《てんじょうむきゅう》で切れ目なく続いていくものだ。悪い連鎖を断ち切って、新しく、明るい人生を一緒に切り開いていこうね。真智子姉さん、天国から、我々が幸せに暮らすのを、見守ってください。）

と、美智代の顔を見つめながら、心から幸せを願った。

（終）

この小説は、まったくのフィクションであり、
実在する団体や個人の方々とはまったく関係ありません。

「永山基準」とは、日本の刑事裁判において刑罰として死刑を適用する際の判断基準で、一九八三年に最高裁が示したもの。基準の内容は、㈠犯罪の性質、㈡動機、計画性、㈢犯行態様、執拗さ・残虐性、㈣結果の重大さ、特に殺害被害者数、㈤遺族の被害感情、㈥社会的影響、㈦犯人の年齢、犯行時に未成年など、㈧前科、㈨犯行後の情状の九項目である。

あとがき

お読みいただきまして、ありがとうございました。

世間には、いい人も沢山いますが、悪い輩も多い。

前編、後編を通して、少し、オーバーなところがあって、現実離れしたところがあったかも知れません。

世の中、真面目に暮らしていても、事件に遭ったり、災いが降りかかったり、逆に、悪い輩がすまし顔で大手を振って生きているという、矛盾したところがある。これは、私が体験したことからも言えることである。

また、一つのエラーやボタンの掛け違いは、連鎖を生じ、幸せな生活を破壊しかねない。更に、人を謀《はか》れば、人に謀《はか》る、とか、人を呪《のろ》えば穴二つ！　これは、人と人、地域と地域、国と国でも同じことである。

何か感じていただけたら、望外の喜びである。

今回も高校時代に一緒に高校野球をやり、バッテリーを組んだエース・津田孝哉君に素晴らしいイラストを描いていただきました。ありがとうございました。

また、元毎日新聞社にお勤めだった松下林太郎氏に手伝っていただきました。

更に、出版会社・牧歌舎の竹林哲己社長及び宮部直樹氏に大変お世話になりました。

紙面でお礼を述べさせていただきます。

最後に、読者の方々のご健勝とご多幸を祈念申し上げます。

著者（星浩二）

続・悪の連鎖

2015年11月24日発行
著　者　　星浩二
発行所　　株式会社牧歌舎
〒101-0064 東京都千代田区猿楽町2-5-8 サブビル2F
TEL.03-6423-2271 FAX.03-6423-2272
発売元　　株式会社星雲社
〒112-0012 東京都文京区大塚3-21-10
TEL.03-3947-1021 FAX.03-3947-1617
印刷・製本　富沢印刷株式会社

ISBN978-4-434-21325-0 C0093